蕾小姐的打字机

就在这阳光明媚的午后

孤独是生命的礼物

冬去，春来

天涯海角，心血来潮

归来仍是少年

愿你历尽千帆，归来仍是少年

曾锴 著

光明日报出版社

图书在版编目（CIP）数据

愿你历尽千帆，归来仍是少年 / 曾锴著. -- 北京：
光明日报出版社，2017.7（2018.9重印）
　　ISBN 978-7-5194-3176-1

Ⅰ.①愿… Ⅱ.①曾… Ⅲ.①随笔—作品集—中国—
当代Ⅳ.①I267.1

中国版本图书馆 CIP 数据核字（2017）第 170452 号

愿你历尽千帆，归来仍是少年
YUANNI LIJIN QIANFAN, GUILAI RENGSHI SHAONIAN

著　者：曾锴

责任编辑：李倩　　　　　　　　　责任校对：傅泉泽
封面设计：仙境设计　　　　　　　责任印制：曹净
出版发行：光明日报出版社
地址：北京市西城区永安路 106 号，100050
电话：010-63131930（邮购）
传真：010-67078227，67078255
网址：http://book.gmw.cn
法律顾问：北京德恒律师事务所龚柳方律师
印刷：天津翔远印刷有限公司
装订：天津翔远印刷有限公司
本书如有破损、缺页、装订错误，请与本社联系调换

开本：146×210
字数：180 千字　　　　　　　　　印张：9.5
版次：2017 年 8 月第 1 版　　　　印次：2018 年 9 月第 3 次印刷
书号：ISBN 978-7-5194-3176-1
定价：36.80 元

序

　　每个人都有青春，每段青春都是用生命丈量时光，书写故事。无论卓越还是平凡，勤奋还是慵懒，富裕还是窘困，得意还是失落，此生有幸，皆能雕琢幸福，抑或放逐流年。

　　梦想与憧憬、躁动与不安激烈而单纯地支配着我学海泛舟、闯荡四海的青春——对爱情的向往、对真理的探索、对自由的追逐、对永恒的憧憬，还有对丑恶的调侃、对苦难的斟酌、对茕弱的悲悯、对无常的敬畏。

每当夜半月升、万籁俱寂时，人被无形的虚空包裹，影被深邃的黑暗吞没，总会不由得于记忆深处邂逅些许印象。它们就在那里，栩栩欲活、熠熠生辉。

震撼灵魂的晚霞、刺破长空的雷电、啃噬骨髓的饥饿、热烈欢快的盛宴、香醇浓郁的卷烟、盛夏午夜的梦魇、白手起家的老汉、阴差阳错的爱恋……

只有扬帆远航，历经漂泊流浪，丈量脚下的大地，只有深刻感受过别离之苦、恣意狂欢，品尝尽酸甜苦辣的滋味，才有一种更加强烈的真情实感。是面对天地玄黄、宇宙洪荒、日月盈昃、辰宿列张的激动与感恩鼓励着我在命运波涛起伏的汪洋里乘风破浪，穿越暗礁与漩涡，经历烈日与风暴，抵御海妖的诱惑，接受人鱼的祝福，直抵自由的彼岸。

谨将一个读书人翰墨书卷、浪迹天涯的故事，献给父母，献给启蒙恩师，献给志同道合的朋友，献给这个世界上所有爱我和我爱的人——

愿大家一同跋涉的求索之路，成为启蒙与追逐光明的康庄大道。

愿我们有缘此生，不忘初心，不负光阴，活出自我，终得精彩。

愿你历尽千帆，归来仍是少年。

曾锴

于西班牙马德里

目　录
content

第一章　人生的发酵

第二章　衣带渐宽终不悔

第三章　自由的灵魂

第四章 享受孤独

第五章 远方的孩子

第六章 流浪的本意

第一章　人生的发酵

我们需要一个等待的经历，在这个经历中冥想、思危、思退、思变，最终凤凰涅槃，羽化成蝶。

人生的发酵

古巴西部的比那尔德里奥省，盛产享誉世界的上等雪茄。

独特的地形、肥沃的土壤、温润的气候孕育了富饶的比尼亚莱斯山谷，这里独有的自然风貌和人文景观令人流连忘返——平坦的红土地上错落有致的丘陵被大片茂盛的橡树、软木棕榈和大王椰树覆盖，夜莺和各种鸟类在林间引吭高歌；地表之下，溶洞密布，水道阡陌，各种蜥蜴、螃蟹、彩色鱼类仿佛穿梭在隐秘的童话王国。

山谷中零零散散地分布着一些古老而精美的建筑，大约完成于19世纪晚期到20世纪初。和"大航海时代"所有西班牙殖民者经营的早期城镇一样，罗马式圆柱和拱廊围绕着广场，红陶瓦、白石墙堆砌成教堂、钟楼、市政厅，漆着厚厚桐油、嵌着黄铜花边的木门和五彩斑斓的彩色玻璃拼花窗在阳光下熠熠生辉。

茉莉花酒店依山而建，站在这粉红色山间别墅的露台上，可以俯瞰整个峡谷：一块块颜色各异的雪茄田在清晨和傍晚的一缕缕雾霭中若隐若现，宛若仙境；牛仔骑着骏马，在田间徘徊，时不时还哼唱几句；幽幽清风拂过栏杆旁绽放的虞美人，带来峡谷里泥土的芬芳。令人脑海中不禁飘荡起歌手西尔维奥·罗德里格斯的新民谣，或是莫扎特歌剧中帕帕基诺（注：歌剧《魔笛》中的人物）的咏叹调。

老妪穿着哈瓦那人字拖，披着白色亚麻衬衫，挎着篾篮，沿着墙根漫步去粮店领取食物；小贩们高声叫喊，兜售着自家制作的番石榴糖块、卷烟、烤猪皮和炸花生；农夫戴着宽边草帽，开着苏式拖拉机，把一捆捆发酵过的烟叶运往工厂。在这里，传统的农业，尤其是烟草种植业，已经繁盛了好几个世纪。

我到拉丁美洲之前就听过坊间传说——每一支上等的古巴雪茄，都是在年轻女孩细嫩的美腿上轻轻搓成的，这让人不禁因为想入非非而过于关注卷烟的手段。然而，当我的古巴老师听到这种说法时却捧腹大笑。课业轻松的周末，她带我参访了位于哈瓦那的卷烟厂。

推开厚重的木门，穿过那拥有百年历史的大理石拱门，叫人着实大开眼界。

车间里，从清瘦精干的大爷到体型臃肿的大妈，从黑人小哥到混血姑娘，各式各样的人都穿着这个国家最知名的企业——哈瓦那俱乐部干净的制服，整齐划一地趴在一张张小木桌前有序地忙碌着：分拣烟叶，把三四张已经剔除过经络的填料叶叠起来，捋一捋，压在案板上卷成烟束，放进木磨压实，再裹上事先切好的四边形茄衣，用无色无味的刺梧桐树胶粘好定型，最后裹上旗形茄衣做成的烟帽，粘成封闭的茄头，便大功告成。

卷烟的力度必须恰到好处，茄叶不可以压得太紧实，否则不透气，无法充分燃烧。但是，太松散的烟叶又会因为间隙过大而影响烟束的质感，由于燃烧过快，让人在品吸时难免感到过热、过辣、呛人。虽然制作卷烟这行云流水的过程看起来令人大呼过瘾，但毕竟是按部就班的手工技能，我总感觉似乎并非传说中那么神奇绝密和难以仿效。

雪茄厂的老工人仿佛看出了我的疑惑，他告诉我，对于古巴雪茄的制造，卷制过程固然是值得炫耀的手艺活，然而，一支雪茄最大的魅力，在很大程度上取决于那个极为重要的过程——烟叶的发酵。

松土、犁田、播种、浇水、施肥、除虫、抗旱、修剪、整理……经过上百个步骤的精心劳作后，一株茄草终于长成。那些被小心翼翼采摘下来的完整烟叶，不会直接被送进卷烟厂，而是要被挂在田间那些由棕榈叶搭成的草屋里进行漫长的风干与发酵。这个过程孤寂又漫长，然而，时光却使烟草的口味变得醇厚，点燃时，释放出咖啡、可可、奶油、椰子的味道，流转于唇齿之间，久久不散。

用来制作高斯巴（Cohiba）、基督山、罗密欧与朱丽叶这一类品牌雪茄的手工卷烟的烟草，至少要发酵一年以上。而一支上好的贝伊可（Behike）雪茄，烟叶发酵的过程甚至可长达九年。没有经过充分发酵的（以及残破、早熟的）烟叶，一般都被碾碎切丝，用作机制卷烟。

专卖店橱窗后，被置于榉木盒子里如同珠宝一般光鲜亮丽的手工雪茄和烟摊上纸盒里的机制烟卷，其原料大都来自于特立尼达、比那尔德里奥山区红壤之上享受加勒比温暖阳光照耀的那些翠绿植株，可二者间的价格却相差十倍以上。如果你要问为什么，古巴人会告诉你，除了手工的不易，更在于良好而漫长的发酵过程。

由没有经过发酵的烟叶制成的烟卷，可配不上古巴手工雪茄的鼎鼎大名。当其他烟叶在热闹的机器流水线上欢快地前进时，当它们被雪白的烟纸外套卷起来像穿上了笔挺的白西装时，当它们被装进花花绿绿漂漂亮亮的纸烟盒时，发酵的烟叶还孤零零地挂在茅草屋里。如果有生命，此时此刻，它们或许不知道自己被挂在那里有什么意义，未来又将去向何处，成为什么？唯有在空气中，在阳光下，在时光里，慢慢沉淀，慢慢升华。

作为廉价的快速消费品，当过滤嘴卷烟已经成为废弃的烟头躺在街头时，发酵的烟叶被人小心翼翼地取下，整理装车，运往哈瓦那最著名的卷烟厂，借助工人灵巧的双手，轻轻地卷起，再粘上精致、华丽的烟标，犹如被加冕一般。一支支雪茄被按照规格、尺寸、颜色装进木盒，像列队接受检阅的骄傲的士兵。最后，再附上一张庄严的发酵证明，告诉每一个人，这是时光多年沉淀的精华。

人生的冲锋，有时快，有时慢，有时进，有时退，有时走，有时停。生命的律动不止，而我们常常需要一个暂停的过程，并在这个过程中完成人生的发酵；我们需要一个等待的经历，在这个经历中冥想、思危、思退、思变，最终凤凰涅槃，羽化成蝶。

是的，每个人都不能缺少这份耐心，这是一种隐忍、一种沉潜、一种蓄势、一种自省；这是一种态度、一种哲学、一种技巧，这是一种出世模样的入世、倒退模样的前进、无为模样的有为。

当我们在逆境中困惑时，当我们在青春中彷徨时，当我们在彷徨中浮躁时，当我们在以为自己都做不了的痛苦中挣扎时，请告诉自己——或许，这只是由于自己还欠缺"人生的发酵"。

读书这件小事

家里有间书房，靠墙摆着大书柜，里面塞满的，都是些老旧、泛黄，但被妥善保管的世界名著。至今，我还清晰地记得，在自己斗大字不识半个的年岁，父亲就曾很骄傲地对我说："等你长大了，认字了，这些就都是你的了！"仿佛是富可敌国的阿拉伯国王宣布，要赏赐给爱子一笔巨额的财富。

然而，那时候的我，显然对堆积木、捉蚂蚁、逮蝴蝶、撒尿和泥等更感兴趣。对"国王大人"的赏赐显得漠不关心。

好奇心随着年龄递增，我也偶尔鬼使神差地晃到书房，去东一榔头西一棒子地挖掘面前这座书山。还记得，自己歪打正着地"掘出"过《牛虻》《基督山伯爵》《巴黎圣母院》，结果，看得津津有味、手不释卷……

小时候的我，并不理解当时拥有的是怎样一种快乐，只知道在没有互联网、电视机遥控板被封存的情况下，打开书就仿佛进入了另外一个世界。很多年之后，在博士班观看外籍老师给我们播放的《巴尔扎克与小裁缝》时，看到影片里的藏书洞，看到知青小伙子们对书籍是那样渴求，以及书本在物质匮乏的地方带给人如此丰满、美丽的精神享受，甚至一步步彻底改变和重塑一个人的那些场景时，不禁热泪盈眶。那时，我终于明白，比起很多求知若渴的人来说，自己从小就是生在"蜜罐"中的。

小学时，父母望子成龙，砸锅卖铁，东奔西走，好不容易把我塞进了一所全市数一数二的名校。那时候，所谓的名校，大概就意味着特别好的教室、特别大的操场、特别棒的老师、特别乖的学生、特别严的管理，特别特别与众不同，特别特别出类拔萃……嗯，至少表面上看起来，论这些方面，这家学校样样都达到了各级专家们评定的指标。

班主任是个教语文的老太太，大概是无数"名师""伯乐"等桂冠太过于沉重，以至于她刚满五十岁，整个人就有些略显佝偻。为了给教育局报业绩，刚读完一年级，老师就给大家布置了作业——名著阅读，还要家长签字。

假期结束，返校第一天的经历令人印象深刻。老太太坐在高高的讲台后面，大队长和学习委员一左一右，昂首挺胸，伫立在讲台两边，学生们排着队，把自己读过的书本拱手奉上。如此具有生动舞台效果的真实场景是可以表达强烈的符号学意义的，以至于后来我每逢在看鬼子进村扫荡收粮的电影时，就会遭遇它的原型——龟田小队长和汉奸翻译官，就会条件反射地汗毛倒立，吓得不轻。

没有完成作业，也就是没有上交带有家长签字证明已读的书籍的小孩，会被"当众正法"——经历了口水的洗礼，在"左金刚""右护法"鄙视嫌弃的目光注视下，他会被安排去教室门外的走廊上面壁思考人生。

与之形成鲜明对比的，则是那些"大大的良民"，他们上交的居然全是《红楼梦》《道德经》《论语》《悲惨世界》《罗密欧与朱丽叶》这样的大部头。老太太坐在讲台上，摩挲着那几本厚重名著烫着金边的硬壳封面，十分欣慰，把高徒们狠狠夸奖了一番。

多少年后，每当我神智清醒地时回忆起往事，总是倍感蹊跷：一年级的我，连汉字都认不全，面对这些卷帙浩繁的作品实在是力不从心，然而，我的同学们却都是一目十行的神童，个个都能创造"读书破万卷"的奇迹。

所以，在这神童堆里，只掂着《成语故事》《伊索寓言》和《丁丁历险记》的我，被数落得体无完肤、一文不值。老太太面露冷笑，当着大家的面指着我说："你们看看，这样的孩子到底有没有爹妈，有没有人管呀？"于是，大家立即像围观白痴一般，指着我哈哈大笑。因为都还只是孩子，所以，目光里透着同情，透着不解，也透着嫌弃，透着骄傲，透着麻木。我记得，当时的自己羞愧难当，心中五味杂陈，恨不得立刻找个地洞钻进去。

遭遇了形式主义的无情羞辱，我从此就开始有点叛逆——读书，读个大头鬼！

于是，小学二年级以前，我都是不折不扣的后进分子，没事就被老师、同学任意开涮。也是从那时候起，对读书甚至产生了厌恶、痛恨的情绪。终于，父母觉得再这样下去，唯一的儿子就要成为不折不扣的"学渣"了。经过家庭会议的严肃裁决，我被送到身为特级教师的姨妈家里，接受军事化管理。至此，我经历了两年最有规律的生活，也接受了最好的基础教育。

那时候，每天的生活都是三点一线。早上六点，姨妈会叫我下楼锻炼，然后洗漱整理，背完英语，再吃早饭，最后去上课。中午吃了午饭，可以看半小时书，然后睡觉。晚上吃了晚饭，可以出门"放风"一小时，然后回来写作业，预习，复习，睡觉。

对于我来说，娱乐时间只有中午那半个小时，而娱乐工具，就是姨妈书架上唯一的一本文科书籍——《成语词典》。百无聊赖中，我居然可以啃着一只苹果，抱着《成语词典》看得津津有味。也就是那个时候，又开始重拾阅读。

后来，我顺利地考上了全市最好的初中，依然喜欢读世界名著，听古典音乐。

初三经历了一次搬家，一柜子的书被留在了老屋里。父亲是个很讲究实用主义的人，他说："不要了，可以预见，以后大家都看光盘、电子书，这些书既占地方，搬起来又操心费力，算了。"

他说得有道理，但是，不知道什么原因，我还是鬼使神差地一个人回到老屋，去清理这些"老伙伴"，翻翻这个，觉得舍不得，看看那个，觉得丢了可惜。最后，十几岁的我，硬是往返无数趟，用两个大麻袋把这些书扛到了新家。不管看不看，先囤在房间里，心中也踏实。

那个时候，我看的书还不多，但是很喜欢纸张和油墨的味道，总是觉得，有一个像查尔斯·狄更斯那样的椅子和书桌，然后有一屋子的书，是一件很惬意的事。以至于后来，我到了海明威故居，看到大文豪的书房里那一屋子书的时候，一种跨越时空的亲切感油然而生。

其实，小时候，父亲就觉得我与众不同——不是天赋异禀，而是比常人更加愚钝。

骑车送我上学，他指着路边的树木，和颜悦色地问："你看看，这棵树，是上头大还是下头大呀？"

我咬了咬手指头，看了看巨大的树冠和纤细的树干，思考了半天，犹豫地回答："上头大！"

"你怎么观察这么不仔细哟，怎么可能上头大嘛！你看，这个树枝上面都是尖的嘛！肯定是上面更细嘛！"

老爹失望透顶，把我数落了一番……

当时，我心里还是暗自不服的，因为宏观地看，树冠确实比树干大。不过，长大了才发现，老爷子果然是过来人，无论树枝如何繁茂，如果你要连根拔起，依然也是下头大……

哎，只能说这世界太复杂，我这种"榆木脑袋"所具备的理解能力过于有限，这辈子最好就不要妄图攀登学术的高峰，自寻死路了。所以，我的人生目标大致是读了本科，见好就收，然后拿着一张文凭应聘就业，成家立业，买车买房，生儿育女，一切是那么俗不可耐又顺理成章……

一想着寒窗十几年，自己终于可以踏入社会，主宰自己的财务、感情、人生，就激动万分。然而，不曾预料，当我的很多同学早早终止了自己的学业，为工作、家庭奔忙的时候，我还在坚持读书，还读到了博士。

大学本科我是在拉丁美洲读的，在这里，不用考太多的科目，但是要接触很多新鲜的事物。从克里奥佩特拉的皇冠，到克里特岛上的陶罐；从古罗马的澡堂子，到佛罗伦萨的黑大卫；从玛雅的金字塔，到马丘比丘的羊驼；从梵高的《向日葵》，到莫奈的《睡莲》……于我，简直如沐春风，如饮甘泉。

在那段孤身在外的艰难岁月里，除了个别知己，支撑我的就是那些辗转千里，通过使馆到达学校驻地的文摘、杂志，那时候，它们甚至成为了我离群索居的挡箭牌和护身符。吃饭排队，抱着一本书，不用操心究竟该如何与人搭讪；外出坐车，抱着一本书，不用焦虑于道路的拥堵，漫长的等待……

硕士研究生阶段，又只身前往欧洲。虽然这等于主动选择放弃安稳，再次流浪，选择面对太多的不确定因素，但人总要去追求自己喜爱的东西，追求纯粹，到了垂垂暮年才不会后悔。

于是，在写了无数论文，完成了无数测验，经历了身心上的多重煎熬后，终于，我顺利地毕业了。

那一天，马德里康普顿斯大学（UCM）信息科学院新闻研究专业硕士结业典礼如期举行，专家和学生们齐聚一堂。恍恍惚惚之后，还记得几分热闹，几分惆怅。刚开学时，系主任讲话的场景还那么清晰，一年后，依旧是斯地斯人，那些乘着地铁和公交去上课的过程，那些课堂上唇枪舌战的场景，那些台灯下奋笔疾书的记忆，都还历历在目。

典礼上，学校请来的西班牙著名记者情真意切地对大家讲："新闻记者是个很好的职业，你可以邂逅总统、明星、宇航员，见到很多常人无法直接接触的大场面。这也是世界上最累的职业，如果你不爱它，最好现在就放弃它。"前辈的教导让人多少有些兴奋，细想又充满矛盾。

典礼结束时，合唱团献歌一首，我注意到，坐在学生席边上的坦德尔教授站了起来，像军人一般挺直腰板，庄严肃穆，在台下伴唱。教授发现我注视着他，目光交汇之时，他居然有些腼腆地点了个头，这一刻，我很感动，因为这个世界上依然有人这么纯粹，如信徒之于神明般膜拜自己的职业。

坐在身边的另一位老教授"白毛大神"碰碰我，顽皮地调侃说："真无聊，他们怎么不唱一首中文歌。"老爷子年过半百，著作等身，无不是嬉笑怒骂戏谑西方政坛权术之丑恶，揭露其政客之骗术，此时他轻松地调侃，亦是另一种洒脱的高尚。我怀疑自己的能力太弱，算不得他们的得意门生，但仅仅他们的一举一动，就可以受到别样的启发，足以沐浴在他们个性的光辉中。

办理离校手续的那一天，穿过教学楼的走廊，看见每一间教师办公室的大门上都有铭牌，挂着他们的大名，前缀着"教授""博士"等头衔。看到这些熠熠闪光的铭牌，突然有一丝心动，脑海里有一个声音在回荡——你现在回去了，也许，此生就永远做不成教授或博士了。

于是，我选择留了下来，考取了博士研究生。

我已经读了二十多年书，到现在，环顾身边，初中同学在晒小孩的成绩单，高中同学在晒结婚证，大学同学在晒情侣照，研究生同学在晒工作，我还在晒床单……不过，从"为科学献身"这个角度上来重新审视自己的人生，依然还是踌躇满志。

漫长的，经常被人质疑、打击的求学生涯，就此开始。

导师是个很负责的人，给大家安排了很多课程。

第一年，我用最笨但是最老实的办法一点一点推进，认真写完几十页开题报告，细心构建语料库，挑选搜集了上百篇演讲作为分析对象。而导师安排的所有活动也基本没有错过。慢慢地，初见成效。假期回国的时候，和从事教学与科研的亲戚们谈起自己的项目时，长辈们很是激动，大加赞赏，这也增添了我继续走下去的勇气。

第二年，按照规定，需要在导师的带领下发表文章，所以自己的项目得放缓进度，腾出一些时间完成书稿。又是多少个长夜不眠，挑灯夜战。用西班牙语写长篇大论，肯定会有瑕疵，而我又有严重的强迫症，说好听点叫"工匠精神"，说难听了叫吹毛求疵，反反复复地敲打，一直觉得自己写出来的东西都词不达意。

有时候，掌握的知识越多，越觉得自己愚蠢，说话和写作之前，越觉得到处都是荆棘，开口提笔便是错。所以，每一次写稿都是折磨。不断地自我否定，不断地修改，精益求精。煎熬中，大家总是互相吐槽，情绪难免起起伏伏。

一个同窗鼓励我："其实，论语言的纯熟程度，我们肯定不能和外国人媲美，但是要相信自己，一定也有吸引人的专长。导师会知道，也会帮助大家的。其实，他看重的除了语言表达，还有思路和观点，因此，你要学会扬长避短。"

待上交文稿的时候才发现，果然如此——只要认真付出了，每一个灵光闪现的地方，都能吸引人，最终都能得到肯定。而每一分努力付出，导师都看在眼里，记在心里。就这样，一切都在慢慢改变。

第三年，更多的挑战和锻炼如期而至，学校要求我们自己组织、举办交流会议和学术研讨活动。当导师向大家提出这个任务的时候，同学们已经非常淡定，从最开始一起组织准备，选题，分组，到后来坐上讲台，面对无数来宾，都能应对自如，独当一面。

沉潜多时，我们终于可以独立翱翔，展翅高飞！

其实，文科博士不用天天刷试管，做实验，但偶尔还是会累——心累。因为常常会迷惘，不清楚眼下旷日持久的项目最终能实现什么价值，更不清楚浩如烟海的知识要点，怎样才能被更合理地归置。

人文社科，研究的是人，是思想，常做的是质疑，是批判。学得越多，越容易发现人类的世界并非完美无瑕，还有太多地方满目疮痍，黑不见底，而希望之花就开在那布满荆棘的悬崖之顶，想采摘它的，会不会是下一个瓦尔特·本雅明，下一个尼采？偶尔，在夜深人静的时候，孤杯独酌，也会想号啕大哭。

　　清苦，孤独，只为知识。当你又往前走了一步，又搞清楚了一个原理，又窥见了真理的一个壮丽的立面或者创口的时候，才觉得，似乎知识本身有一种无尽的魅力，在召唤你，引诱你，你只有在品尝、获取、占有、驾驭、征服它的时候，才能独自享受那种强烈的快感。

　　求知本身，只是一种修行而已；而真理本身，不过是一种"大象无形"的人文关怀。

　　既然选择了在学术这条路上坚持，探索，成长，那就无怨无悔。希望有一天羽化成蝶，蜡炬成灰，把那些至真至美的东西传承下来，为推动人类社会进步做一点微薄的贡献，此生也就满足了。我相信，有一天，我最终会失去一切，也最终会得到一切，最终会成为我的老师们。

不只是一张葱油饼

　　这是个平常的周末，在家辅导完几个被小组调研搞得焦头烂额的硕士生，突然发现自己竟然已经连续讲课四个小时，滴水未进。饥肠辘辘的我突发奇想——要吃葱油饼。

　　街口中国超市的冰柜里，就有成打的葱油饼出售，可刚走到玄关，看到外面正淅淅沥沥地下着小雨，阴冷不堪，再看看家里的毛绒地毯、加湿器、真皮沙发，忽然间，两腿一软，就不想出门了。冰箱里还有鸡蛋、面、葱、油，于是，果断决定，今天就"自己动手丰衣足食"一把，给大家献上一桌葱油饼大餐。

　　离开家在外独立生活快十年了，自己烙个饼早已不是什么难事。不要说烙饼的经验到位，烤披萨、做面包、点豆花、烫火锅也是常有的事。

伴着《哥德堡变奏曲》，我优雅地拴上围裙，开始快乐地忙碌。

第一步自然是备料。掐掉小葱的根须，撕掉那些干硬的外皮，再冲洗干净，铺在案板上剁碎。把面粉倒进不锈钢盆里，打两个鸡蛋下去，然后一点点加水，最后伸手搅拌，揉压，摔打，和成一块光滑的面团，盖上浸水的毛巾，搁在暖气上发酵。

接下来是炒酥油。先舀一勺黄油放到平底锅里，待它慢慢化开，再加入葵花籽油，然后调小火，一勺勺加入面粉，慢慢搅拌均匀，再均匀地撒上胡椒和盐。

最后就轮到制饼了。揉面，掐剂子，按扁，擀平，抹一面酥油，撒一片葱花，再折叠，再擀，再抹，再撒，如此反复……一切都井井有条。

按理说，我也应该算是个爱厨房爱做饭爱宴客的人了，不过，不晓得是因为未老先衰，还是疲惫倦怠，一个人弯着腰在灶台才忙活了半个小时，刚做出几张饼坯来，就感到一阵无边无际的单调和乏味汹涌袭来。突然间，就好想把围裙摘了，躺到沙发上，叫来几个菲佣，揉脚的揉脚，剥香蕉的剥香蕉，捶背的捶背，然后伺候我经典大片随便看着，什么昆丁·塔伦蒂诺、刘别谦、比利·怀德……佳酿恣意喝着，什么川宁、水晶山、必富达……

想想也就好了……基于一屋子同伴等着吃晚饭这个事实，我还得回到现实中来，硬着头皮把整个"葱油饼项目"的大坑给填上。天气冷不便开窗，油烟就扑到我脸上、头发上、衬衣上，虽然有排风系统，也无济于事。油温高一点就要糊锅，稍微低了，半天熟不透……我觉得，自己像个无奈的白痴一般，乖乖站在这家用炉灶面前，等待喂饱一屋子的人。

这时候，看着眼前的作案现场，尤其是清理黏糊糊的沾满面浆的手，和灶台上那些滑腻的油污时，突然感叹，偶尔下厨房陶冶陶冶情操固然是很好的，要是天天都要像这样来一整套，我还是有点消受不起的。

回忆起刚刚在客厅里端着茶杯，动动嘴皮讲讲课就领了报酬的场景，我不禁在想，那些起早贪黑，街头巷尾风里来雨里去卖煎饼果子的人，是多么辛苦。每天要和这一大堆油盐酱醋烟熏火燎的程序打交道，不仅仅要进货、加工，还要考虑销售、善后，除了劳力，还要劳心，冷了，热了，多了，少了，累了，交房租了，城管来了……最可怕的，恐怕是那毫无休止的单调重复。

如果一个以烹饪为乐的人都有厌倦的一天，那么，那些以此谋生的人每天面对的是怎样的现实？相比之下，有条件静下来心无旁骛地读书，或者以爱知求真为业，是多么幸福啊！的确，只有极少的人才能获得这个机会。但可惜，太多人在拥有的时候不好好珍惜，被花花世界浮华的一面吸引着，心猿意马，虚度光阴，将得天独厚的资本一点点浪费掉。

晚上，我辅导的华侨小弟弟睁着大眼睛，认真地问我："老师，为什么我身边有很多朋友，十五六岁就在餐厅、理发店、货行打工挣钱了，而我已经十五岁了，却还在这里无聊地读书？"

我回答："对啊，他们要生存啊，每天为了生计必须到外面去上班，挣钱养活自己。当然，他们也可以在不同的环境和工作岗位上，通过重复劳动掌握生存的技能，包括搬砖、守店、进货、点货、算账……"

"那我的爸爸妈妈为什么不让我去搬砖、守店、进货、点货、算账呢？"小弟好奇地问。

"因为你爸妈很任性啊！"我回答他，"你知不知道读书是要花很多钱的？而且，不但花钱，暂时还不能挣钱，他们没日没夜、辛辛苦苦地支撑着你家的糖果店，每天连上厕所的时间都是靠挤出来的，却没有让你出去打拼，一起减轻家庭负担。

因此，你才可以安安心心坐在这里，无须担心任何压力和负担，自由自在地吸收知识。你是那么幸运，站在父母的肩膀上，以后有机会换个方式、换个层次、换个姿势去挣钱，不用再像他们那么辛苦……"

他睁大了眼睛，好像懂了什么。

"那么，你今后是想和自己爸爸妈妈一样看着这家店，还是想去往更远的地方，了解更多的新事物呢？"

他没有立刻回答我，而是乖乖拿起了单词本，平时看很久才能记下来的内容，今天只用了半小时就背完了。其实，小孩听一遍就懂的道理，很多人却视而不见，充耳不闻。

在大学里读书，无论是本科、硕士，还是博士，只要能静下心来，无论是学习的过程，还是学习的结果，确实都是珍贵而奢侈的。

一般情况下，要想走进高等学府，首先得有较好的经济和智力条件，但是，世界上并不是所有人都能轻松获得这两个条件。而完成学业以后，头脑中的知识和技能就是行走江湖、惠人利己的本钱。

毕竟，在这个世界上，一代又一代人花费了多少物质资源，付出多少惨烈牺牲，经历多少优胜劣汰，才把少数人托举起来，送上那个可以让人类的视野超越极限的"智慧高塔"。还有多少人终其一生，都只能在塔底浑浑噩噩地生活，完成基因的传递，为那些幸运儿的奋起一跃而默默奉献。

我常常想起日本动漫作品《进击的巨人》，这个故事其实是个美妙的隐喻：

在浩瀚的宇宙中，人类永远面对着无数的威胁，然而，人类利用自己的智慧和勇气生存到现在，所面临的无数次台风、水患、地震、瘟疫……每一次天灾，每一次劫难，都是"巨人"突如其来的血腥侵袭，围墙内那些浑浑噩噩的人无能为力，随时会沦为无辜而惊恐的猎物，任由命运摆布。只有少之又少、自愿担起责任的精英，才可能经过层层选拔，场场历练，成为"调查兵团"的一员，到围墙外面去了解那充满了危险也充满了惊喜的"巨人的世界"。

读书求知、不断进取的人，不就是猎物们眼里的"调查兵团"么？别人吃吃喝喝一辈子就满足地死去，而你居然还有机会与命运较量和对话，这难道还不够奢侈吗！

谁尝了你的奶酪

从柏林来了一位研究认识论的老教授，要在康普顿斯大学新闻学院举办一场交流讲座，大家迅速前往围观。

他一头白发，眯缝眼，宽鼻头，长得实在是很可爱。

他打开幻灯片，给大家展示了一个锥体，然后问我们："你们看到了什么？"

"三维几何体，圆锥体的几何透视线描图，而且，看起来母线与底面半径的夹角大概是60度。"只要是初中毕业了的人都应该知道，更何况是一群博士。大家不禁觉得，这个问题不会那么简单。

"还有呢？发挥你们的想象力！"老人家接着鼓励大家。

"屋顶、塔尖、灯罩、喇叭、路障、圣诞帽、蛋筒、妙脆角……"各种各样的答案都冒了出来，教室里的气氛也活跃起来。

"很好，很好，大家的思维很活跃。"老教授笑眯眯地说，"在我看来，这是一块奶酪，科学的奶酪。"

这种比喻，还是头一回听说。

"我们的世界其实就是一片混沌，一切都是宇宙大爆炸所产生的无序运动的尘埃。有一群志同道合的人在黑暗中觉醒，他们经历了痛苦和漫长的过程，想在无序中寻找有序的规律。一代又一代人，踩着前人的成就和尸体，不断摸索，不断推进，不断纠错，不断更新认识。终于，我们得到了一块珍贵的奶酪。"

他喝了口水，掏出手绢擦擦嘴，接着说："这块奶酪叫'科学'，是我们人类对世界的全部认知，是可以被解释的已知世界。"

"这样说，其实我们都是厨子，每天都在做饭，哈哈……"大家相互调侃着。

"在座的各位，你们的研究目标就是拿起一把刀，找到一个角度，将这块奶酪切开一个面，清楚地展示给大家看。这把刀是方法论，切的角度是理论框架，最终的切面是你的专业领域，如何解释和描述这个面则取决于你的表达能力。"

"大概，接下来就是有人会把这个切面舔个遍，吸收养分，而这就叫理论应用吧。"我在心里嘀咕着。

突然觉得，老教授的比喻是那么恰当。有些人非常幸运，一辈子用正确的刀，从正确的角度，切开了一个面，然后他就成为了一个学科的开山鼻祖，被世人敬仰，后辈纪念；有些人切了一半就挂了，后人们秉承遗志，继续努力；有些人找了一个新角度，自己切一个新的面，他成了新领域的泰斗；有些人一辈子切了好多个面，还玩花式切法，他们成了跨学科的超级大师；有的人不切割，只负责守在旁边，舔食好吃的部分，长得肥肥胖胖；有的人不动脑筋，舔了一辈子没有舔出个所以然……

有时候，你说你那个面好吃，我说我那个面好吃，其实半斤八两，切法不一样罢了。那些在圆锥底部切的人，要切好久好久，但是，人人都要请教他们切的经验；那些站在圆锥顶端切的人，切出来的面太小，还不够大家分的，只能孤芳自赏……

在相当有趣的氛围里，大家讨论了很多，但是，在我脑海中留下深深印记的，就是这块"奶酪"。

小时候，我总以为科学就代表真理，在科学的领域里，人们只承认是非、虚实、远近、多少、大小，仿佛一切都非常靠谱，非常真实，万物都会被人类掌控，只是时间问题。然而，真正的科学其实只是人类凭借现有的认识和经验去解释的，可以被观察、分析，并且能被表达和理解的东西。

科学研究则让我们知道认知的局限，它是一代人踩在一代人的错误上，向深邃的宇宙时空勇敢挑战的悲壮的过程。

专家、学者是那么权威，又是那么容易被误会，纵然懂得些许真相，也无力向所有人清楚准确地表达。很多时候，一个领域内的专业知识甚至无法单纯凭借这个领域的术语来表达，就好像学数学的人无法用数学公式向学语文的表述数学原理，学计算机的无法用代码向学美术的表达程序结构。

"十多年前，我们曾经雄心勃勃，制订了无数的宏伟计划，要节约能源，保护环境，消除贫困、饥饿、疾病，避免灾害，探索宇宙……然而，今天看来，这些问题并没解决，人类的世界越来越复杂，矛盾越来越深刻。没有任何一门学科或一种方法是绝对正确的。科学家也不是神，并且，应该记住，这个世界上没有神！"

会议快要结束的时候，老教授摘下了眼镜，有些忧心忡忡，但又充满希望地抬起头："我就要退休了，无论未来怎样，希望你们年轻人能够继续坚持下去。"

宇宙浩瀚，人类渺小，已经知道自己的一生匆忙短暂，已经知道自己的智商平平庸庸，然而，如果再给我一次选择的机会，我还是会选择这条为人类进步而奋斗、探索的路。也许，只有这样，在离开这个世界的时候，才能得到内心的充实与安宁。

有生之年，能用自己有限的生命、智慧和能力去探索宇宙的无限真理，实乃莫大的荣幸。

第二章 衣带渐宽终不悔

所谓清苦，大概就是有时候兜里摸出来几个钢镚儿，发现下午多喝了一杯六十五欧分的浓咖啡，于是，就因为差了几欧分，刚好买不起一张公交车票，只有顶着深冬的寒风步行回家。

阳光明媚的午后

作为一个文科博士，在很多人眼中，我就是不折不扣的书生、奇葩，百无一用。

还记得我读博第一年假期回家，就深刻体会了来自家庭和社会深深的关怀——从小看着我长大的姨妈关切地问：

"那个谁，就是以前你读小学的时候，守大门的那个大爷的孙儿，读大学读了一半就谈恋爱辍学了，后来自己学漫画，现在在做游戏，月入两万，今年都当爸爸了。你还在读书啊？你啥时候毕业啊？"

和初中同学一起吃饭，同学们都工作了几年，开着车，带着家眷，抢着买单，然后怜悯地对我说："你还没有经济独立，很不容易，我们请了，我们请了。"

连爸妈都很迷惘，见到别人家的小孩子，就疯了一样去逗、去抱……假期我就回家一个月，一大清早起来，发现自己的老妈不见了，原来是跑去买菜做饭带侄子去了……

也少不了遭遇尴尬——

受老上司、教学总监的邀请，回家乡的培训中心代课。本科毕业后就下海经商的经理礼节性地出来和我寒暄："你在读文科博士？我也是你这个专业的，我们这个专业的博士哪有读的价值啊？毕业不就是失业嘛……"

唯一有点安慰的是，那个假期教了一个VIP学生，她在一家公司做行政，出手阔绰。当我们说到贫富，她说的话令我印象深刻：未来，穷人和富人是一样的。穷人努力点的话，也能吃上燕窝鲍鱼，只不过频率低一点。其实富人也不可能天天吃，吃多了会生病，反而觉得粗茶淡饭好。然而，富人们冒的险、操的心、承受的压力，普通人可能又担负不起。

彼时，我还不太能体会其中的内涵，因为当时的我除了学历，穷得一无所有。

还记得那一年，我明明是兴致勃勃地申请读博士的，也是喜气洋洋地回家和大家分享好消息的，但是，假期结束，当登上回欧洲的飞机的时候，我的心已经凉透。

同学们是难以理解你的——你这种天天泡在资产阶级腐化、堕落意识海洋里的学术苗子，和什么尼采、福柯、维特根斯坦、王尔德搅在一起，是不是要与现代的主流文明作对？

朋友们是难以理解你的——哦！我们都在上班，你却在旅游，你却在发呆，你今后回来还要拿学历碾压我们……你好坏！

亲属们是难以理解你的——父母把你养这么大，结果你这么大还不结婚生子！你看人家隔壁家的孩子都生了两个了！

一个深秋的早晨，当航班在一片金黄色的忽闪摇曳的城市灯火里落地的时候，我大口大口呼吸着清晨的空气，透过圆形的廊桥舷窗，看着巴拉哈斯机场积水的停机坪，看着天边粉红的朝霞，觉得这异乡的土地是那么高冷得难以亲近。然而，在内心深处，我却告诉自己——心安此处，便是吾乡。事业、家庭、爱情，哪怕我一无所有，也不再理会各种阴阳怪气的责难！

接下来的日子，就是埋头苦读。既然是苦读，苦和读便是主题，挣钱和享乐与此无关。

为了交学费，半工半读自然是少不了的。除了上课、会议、写论文，大多数走上了这条路的博士生还要出去打工赚钱——

翻译、带团、代购、卖饭、教小孩、做广告……在读博期间，咱什么都干过，清苦的日子自然也过过。

所谓清苦，大概就是有时候兜里摸出来几个钢镚儿，发现下午多喝了一杯六十五欧分的浓咖啡，于是，就因为差了几欧分，刚好买不起一张公交车票，只有顶着深冬的寒风步行回家；所谓清苦，大概就是一年都不用手机，或者买了手机不插卡，到处蹭公共WIFI，只因交不起月租。

这还算好的，有一次，我遇到一个在图书馆写论文的学长，他说自己每天喝自动饮水机里免费的冰水，拿食堂发的免费面包，就这样将就了一个月。还经常听说有一些学弟学妹因为交不起房租，拎着大包小包的行李，睡在好友家客厅的沙发上……

可能，是命运的安排，让我们自愿走上了这条艰难的道路，然后，在这条布满荆棘的曲折小路上慢慢去寻找人生的乐趣。

然而，此时，我才发现，真正美妙而有意义的人生，大概就从我坚定不移地追寻自己的梦想的时候，才正式开始。

读博士期间，我认识了朋友子阳，他是在国内做了一段时间待遇优厚的公务员之后，辞职出来读书的。出来的时候，比起同班同学，子阳的年纪已算不小了。他读的是人类学，必须要从本科学起。不要说国内，就连欧洲的很多人类学老师都觉得，学生学这个专业今后是很难找到工作的。

语言过关后，他一边读本科，一边利用业余时间考了红酒品酒师的资格证。然后，凭借这一技术在一家酒行打工。到了大四的时候，他已经可以把人类学和红酒这两门学问融会贯通地自由表达了。

记得有一次，我邀请他来家里吃饭，他挑选了一瓶酒，一群人一边小酌一边聊天。从古希腊的狄俄尼索斯，到中世纪古堡的僧侣，到勃艮第横跨大海和森林的沙丘，到加纳利火星基地似的火山鱼鳞坑……大家在觥筹交错中讲述着一段又一段精彩经历，仿佛找到了古人"曲水流觞"的意境，在一个又一个精彩故事里微醺、沉醉。

那天，通过他的介绍，我们第一次听到这样一种说法：美国橡木桶酿造出来的酒，就像美国女人，热情奔放、个性张扬；法国橡木桶酿造出来的酒，就像法国女人，优雅含蓄、内敛浪漫……

其实，对于一个十足的外行来说，一款酒不过是一款酒，哪有那么神奇。而对于大多数摆谱的人来说，炫耀一瓶酒的价格、标签、产地，例如"82年的拉菲"这样的噱头，就足够了，谁真的在乎那些精确到每一颗味蕾的变化？

　　可是那天，当我们听完他的讲述，端起杯子的时候，明显感觉到他带来的"法国女人孕育的西班牙佳酿"刚刚入口那一会儿的丝滑温柔，仿佛一小颗生长于里奥哈河谷里沾着白霜的鲜嫩丹魄，自然而然地滑落咽喉，这与一些美国桶酿造出来的红酒在入喉的那一刻释放出的丝丝热辣味道大异其趣。那种明白道理之后，体会出区别的惊喜，令人一辈子都记忆犹新。

　　国内有富豪邀请他去喝酒，骄傲地向他炫耀自己的窖藏：这瓶十几万美元，那瓶又是世界第一。他只是看了一眼，然后诚恳地对富豪说："就你现在这功力，这舌头啊，我给你推荐几款十欧元以内的酒，可能体验都比你这些'金山银山'好！"

　　富豪听着他所说的故事以及对口味的诠释，认真品尝了几款真正适合自己而不单纯只是奢靡华丽的普通佳酿以后，眨巴着眼睛对他说："哥们儿，我给你投资一千万，我们去搞个酒庄吧，一切都听你的。"

　　谁不想一夜暴富？更何况是做自己喜欢的事？然而子阳却婉言拒绝了。我问他为什么，他说："还不到时候，我就是爱这个东西，现在要沉潜下去，我这辈子能把西班牙的酒搞清楚，就是最幸福的事了！"

　　他知道，无价之宝就像那落地生根的葡萄，就是那吸天地之精华、聚日月之灵光的百年老藤，哪里是一千万就可以买断的呢？当他脱掉靴子，站在沙粒、黏土与石灰岩混杂的田地里，像征服者发现了黄金一样狂欢雀跃；当他在地下十米的酒窖里，和才获得了高分评级的酿酒师喝得没有了界限，然后夸下海口，在布满薄灰的玻璃罐子上签下自己预定的名字时，就像看到了心仪的姑娘；当他为了一瓶酒，和世界顶级酿酒师抬杠，说不懂得分享的人，即使拥有的酒再好也算不上顶级，以此打动对方，买到限量的样本时……那些感受，哪里是直接兑换成钱就可以衡量的呢？

子阳告诉我，葡萄喜欢贫瘠的地方，只有贫瘠的土地才能促使它的根系拼命地生长，去寻找水分和养料，拓展生存空间。而每一株葡萄之间的距离不能过宽，这样，它们会因为资源的富足而失去竞争力；同时又不宜过窄，那样残酷的绞杀会影响发育。

种属、气候、土壤、田间管理，只有恰到好处的黄金比例，才能孕育出世界上最好的藤、最棒的田、最合适的果实、最甘醇的佳酿。而养葡萄、酿酒的人，需要甘于贫瘠，甘于寂寞，需要挽起裤脚亲自下田，需要不在乎别人的眼光和评价，甚至需要和老天爷斗智斗勇。最后，甚至是终其一生，耗尽家财和生命，只为在葡萄最美好的年华，把它最精彩的口味定格在那一刻，萃取到玻璃瓶里，或是深藏于地窖，或是沉入海底。当有一天，人们打开它的时候，喝到的是一段岁月，更是匆匆逝去不复返的酿造之年的美好光景。

听到这些的时候，我的内心激情澎湃，因为我知道，有一个疯子和我一样，在"执迷不悟"的道路上渐行渐远。那么，我还孤独吗？

很快，我就博三了。积累到了博三，财务上已经比较宽松，深刻地感觉到，其实，在今天这样一个密切依赖分工合作的社会，只要认真、负责地去做任何事情，都能赚到钱。这个世界不缺钱，只是太多人太急功近利，欠缺靠谱的"工匠精神"。

财务宽松一点以后，我也慢慢发现，在这个世界上，钱和权力确实可以帮助人获得一些令人快乐的东西。钱是一种媒介，而媒介是人的延伸。然而，钱多钱少，除了和个人努力息息相关，更大程度上也取决于生命的无常——浩浩商海，起起落落，有很多事不是你可以决定的。

有一次，我经人推荐去帮一群投资商评估一个项目——大老板们不堪"案牍劳形"，需要一个人专门负责宣传和文案。

这些老板大概都是二三十年前定居于此的移民。那时候，美国"次贷危机"的恶果未现，当地还没有过多的移民，中国人的勤劳、节俭、智慧使得他们在欧洲这块富庶、文明的土地上赚起钱来就像启动了"联合收割机"。积累到现在，拥有了不少财富。

那天，我们去了一家关门好几年的老牌餐厅。甲方老板是个"华二代"，负责帮老房东售卖这家餐厅，乙方老板也是"华二代"新贵，负责评估这家餐厅，而我则负责评估、取样、出谋划策。

虽说是公事公办，但是，当我真正进入老屋的那一刻，仍然颇为震撼。看得出来，老主人过去一定深爱着这家店，为之付出了自己毕生的心血，每一个细节，每一处陈设，都彰显着昔日的辉煌和热闹。这是一家以"斗牛"为主题的西餐厅，玄关处有帅气的青铜雕像，红白相间的廊柱撑起科尔多瓦清真寺风格的椭圆形拱门，高达两层的大厅里陈列着各种精美的绘画、奖杯和装饰品。

厚重的彩瓷盘子来自于波兰。二楼玻璃橱窗里斗牛士礼服上的金丝在壁灯的照耀下熠熠生辉——这曾经是聚光灯下万众瞩目的冠军和明星最华丽的行头。时间仿佛在一瞬间凝固了——咖啡豆还在咖啡机里，醋瓶还在木案上，菜单上还有大厨调整修改当日菜式的笔迹，大门口的留言簿上还有最后一位食客画的笑脸。

我很好奇甲方为什么这么急于出手。据她说，老店主是个狂热的斗牛文化爱好者，以前他在经营这家店时很受欢迎。有一天，老店主突然病倒了，他本来还希望身体恢复以后继续经营下去，然而，身体却一直没有恢复。他的一位医生朋友投资盘下了这家店，没想到，这些年欧洲经济不景气，不得不找财大气粗的中国老板转让。

乙方的老板看了半天，觉得餐厅虽好，可是成本太高——当年的装修费高达150万欧元，月租至少要2000欧元。于是，他们有人问我，能不能把这个店重新设计下，卖点火锅或麻辣烫……

我不能想象，在公牛牛头下的木桌上，那波兰瓷盘里装着老妈兔头、串串香，一群杀马特小青年在喝廉价的鸡尾酒是一幅什么场景。或许，就像在京剧舞台上跳脱衣舞的尴尬场面一样。

原来，乙方的老板并不傻，他早就明白这家餐厅对自己形同鸡肋，只是看好了餐厅背后另外一个项目——一个位于郊外的猎场。

在一个晴朗的日子里，我们驱车前往猎场。在离王室行宫不远的山谷里，有个静逸古老的庄园，里面养着各种花木，有新鲜的橄榄，还有娇艳欲滴的杨梅。肥美的草场里满是斗牛和骏马。一个长长的地宫绵延几十米，里面有酒吧、酒窖、舞台。而地宫尽头是一座小型斗牛场。西班牙的年轻人们来这里骑马、打猎、烧烤，非常惬意。一经打听才知道，庄园主很大方，这里向所有人开放，骑马两小时也才20欧元而已。

主人的助手很热情地向大家展示了主人的家当——冠军赛马，车库里的老爷车。在车库里我认出了一辆劳斯莱斯，银翼天使标志闪闪发亮，貌似旁边还有一辆木质车身的戴姆勒-克莱斯勒。

然而，面对这些，老板们并没有太大兴趣，甚至连马都来不及骑一下。好不容易跑一趟，他们必须认真核算，究竟要怎样才能一口把这个产业吃下来，然后拿它来赚钱，而且还要利益最大化——不能让他人占了便宜。

我理解老板们多年来商海沉浮、生死拼搏换来的教训，以及在尔虞我诈中养成的习惯。然而，站在青翠的橄榄树下，呼吸着郊外新鲜的空气，我不得不感叹，如果谁都想利益最大化，谁都不愿意退后一步，充分理解，通力合作，或者本着奉献在先，让更多人获得对这里美好体验的宗旨，只是互相算计、互相压榨、互相争夺、互相提防，那么最后谁也不会有实力把项目做起来。

最后，不出所料，老板们开启了无休无止的会议模式、争执模式、冷战模式……然后，项目石沉大海。我最终离开了他们，却明白了一个道理，自己并不需要去拥有这个庄园。或许，像一个游客一样去享受庄园主经营多年、乐意与人分享的这份奢华，体验一天快乐的骑行，比拥有整个马场要快乐、满足、丰富得多。

有钱或许真的可以买到一些快乐。比如说，有了钱以后，我可以买几欧元一罐的茶喝了，虽然不可能当水喝；不想做饭时，可以去尝试各种餐厅，即便是米其林星级餐厅也没什么大不了，毕竟不是天天吃；有更多机会参加聚会，交更多朋友；可以偶尔任性，买几克的松露品尝；可以打车去开会，淘一张探戈王子卡洛斯·葛戴尔的黑胶唱片……

我真的会珍惜这些来之不易的体验机会，但会更珍惜那些无所谓贫富贵贱，永远支持你、信任你的人，那些在你一无所有的时候为你买单，在你失魂落魄时为你打伞，在你失意困顿时陪你一起等待黎明的人。

回头想想，每一件我苦苦追求过的商品，到手之后也就那样，欣喜和满足只有短短一阵子，然后，整个人就被物欲吞噬，被空虚掩盖，攀比和炫耀随之而来。

而最好的状态，莫过于无欲则刚——你说我有用没用，有钱没钱，我已经无所谓。我要自己支配生命和时间，不被任何人左右。

你的尊严、体面，没有人可以轻易剥夺！

人一辈子很短，我不想把自己变成一个光鲜亮丽的，待价而沽的商品。这不意味着我没有勇气去面对社会，去自力更生，而是当我面对不公平、不合理的游戏规则时，可以有资格、有条件，同时优雅地说："不！"

在雨过天晴的日子里，去公园里摘蘑菇；在阳光灿烂的午后，靠着罗马松坐一下午，静等太阳落山；或是把自己从旧货市场上淘来的竹藤椅搬到略有些狭窄的阳台上，泡一壶茶，放一张黑胶唱片到手摇留声机上，翻开一本《红与黑》……这真的要不了多少钱。

我真的希望，这样简单的时间循环可以成为永恒。

哪怕此生我只能活小半辈子，我也希望天天都有精神的高潮而不是物质的缠绵。我相信，对于精神的高潮这个东西，我是有能力"自产自销"的。

就像被关在禁闭室里的安迪，他脑中有莫扎特，有涤荡灵魂的《晚风拂过树林》（注：电影《肖申克的救赎》中的情节）；就像巴尔的摩精神病院地下室里的汉尼拔，他被囚禁的牢房墙上有一幅素描，上面画着令他魂牵梦萦的佛罗伦萨（注：电影《沉默的羔羊》中的情节）。

于是，羔羊们停止了尖叫。

美女的"捷径"

爱美、注意健康、保养和打扮是基本的社交规范。能看起来令人赏心悦目一点，为什么不呢？毕竟，爱美之心，人皆有之。然而，我要说的不是一般的长得过得去的人，而是美得有那么一点不一般，并很为此而骄傲，把这个当作一辈子的资本的人。

我有个朋友，标准大美女，腰细，腿长，肤白，五官精致。

我们在很小的时候就认识了，小时候只是觉得她高挑纤细，并不觉得她有多美。但是，妹子从初中就开始COSPLAY，接下来就是糖酒会礼仪，车展、会展模特，名衣名表名首饰平面广告模特……一发不可收拾。

最开始，我们觉得她就是胡搞瞎搞不学习，觉得她参加的这些活动就是歪门邪道碰运气，她也没觉得这是一种职业，就是图个打工赚钱。然而，她偏偏就一签一个准。当我们还在为每个月多找爹妈要100元生活费磨破嘴皮的时候，她就已经自己挣钱"养活"自己了。是呀，十五六岁的小嫩模清纯得可以挤出水来，要价又低得没原则，商家们乐得合不拢嘴，几百块钱就把一个好苗子的学习时间买断，用来涂脂抹粉、捯饬装扮。

那种跟同龄人拉开差距的感觉，其实真的特别诡异。当大家都还在读书，都还一无所有的时候，她从手机到相机，从包包到靴子，从大衣到内衣，没有一个是同龄人敢随便奢望的。那时候，我是佩服她的，因为她确实是自己卖力挣钱获得的一切。而且，她的收入是持续的，而不是偶然捡了大便宜。

唯一令人感到意外和遗憾的是，她初三毕业就不读高中了。后来，在父母的软磨硬泡下勉强读了个职专，混到毕业。

这其实也不能怪妹子，更大程度上是因为穷的窘迫，以及穷带来的不自信，不自信带来的安全感的匮乏。

于是，美貌加年轻，成了致富的捷径，这一点似乎毋庸置疑。直到走入社会，她都没吃过什么苦，人们多多少少都让着她、宠着她、护着她。

美丽的女人和她都是闺密，人以类聚，而丑女人们嫉妒她，但是也没办法。人才市场里，多少人拿着本科学位证找不到工作，而她每个月在台子上走两步，拍几张照片，收入就是几千上万。她的生活，仿佛就像"开挂了"一样。

我本科毕业后，曾回国找工作，一个月工资只有四千，而她一个暑假，一场车展十天拿一万。

所以，在她面前，我常常自嘲："你看我一个'海归'，还什么大学小语种教师，才勉强能养活自己，你说读书有什么用？"

没想到，她严肃地说："我就是吃青春饭，而你这个钱要拿一辈子。"

但是大多数时候，她都表现得颇为傲骄，常常一边照镜子整理妆容，一边得意地说："这人啊，三分天注定，七分靠打拼，还有百分之九十看长相！"

她是相信靠"刷脸"就可以生活的，而人一旦习惯了"刷脸开挂"的生活，有了捷径，就不想再卖力地动脑筋了。

美，是一种先天资源，需要妥善开发，而不是肆意挥霍，否则，很可能带来的不是积极的回报，而是习惯性的骄傲。

后来，我又继续出国深造了，一无所有，颠沛流离。她还是工作稳定，虽然也没多少存款，但就是过着很多人都羡慕的生活，从头到脚珠光宝气。当然，在她那个圈子里，高收入，也意味着高消费。我问她，既然你都做了这行，为什么不向着职业模特、超模的路上走下去？她总是说，因为自己身高差一点。但是，有时她也告诉我，人家超模可不只是长得好就够了，还需要会说一口流利的英语，有机敏的反应能力……这些足以令很多人望而生畏。

过了几年，再联系时，我得知，她已经不安于单纯靠脸了，还在搞代购。我也开始感觉她越来越忙，越来越疯狂，越来越焦虑，越来越累了，而每天花在保养上的精力也越来越多。或许是眼光高，或许是工作忙，她一直单身，身边那些嘘寒问暖的男人们也越来越少。

她也在尝试着做些其他事情，自己和朋友们合伙开个小店创业。听起来不错，但"事非经过不知难"，有时候，姿色可以是一种资源，也可以是一种累赘。

很多人只是羡慕漂亮的人，却根本不懂得一个道理——社会中也存在着肮脏的一面，漂亮的人要利用自己的漂亮脸孔进行等价交换，还要游刃有余，其实是非常考验智商和情商的一件事。

很快，几年就过去了，她服从公司安排，没日没夜地在全国各地出差，到处赶场子挣钱，钱也越来越难挣。而我则开始有了自己的赚钱渠道，写稿出书、带学生、搞活动策划……

其实，每个人都有自己的路，我并不觉得这个妹子不好。到现在为止，她都是靠自己，打拼得很辛苦，赚的钱虽然不够买房买车投资理财，但能把自己打理得体体面面的。她很倔强，很自立，什么事都要在脑子里飞速计算，又要城池，又得完璧归赵。这也就是我特别心疼她、担心她的原因。

但是有一天，我突然得知，她的健康出了大问题，原因是太劳累，需要保持身材等。其实，她早就跟我说过，她那个行业不是我们想得那么光鲜亮丽、轻松简单，除非底子特别好，或者砸大笔钱保养。很多草根模特纯是靠恶劣的手段保持身材、脸型和肤色的，说轻了是节食锻炼，说重了是打针动刀子。是呀，社会上有多么恶俗的需求，就需要多么非常的供给……

人只要进了医院，不管有再多钱，都像决堤的流水一般。当然，只要大难不致死，我相信她有实力挺过来，但是，这时，她确实需要认真思考——一辈子那么长，生老病死，油盐柴米，人人都要面对，可不可能一直漂下去？

年轻貌美并不是什么值得炫耀的稀缺资源，不过是一种幻影。

生命的本质是苦难的。我不追求天赐荣华富贵，那会让我诚惶诚恐，消受不起，只是觉得，每天睁开眼睛发现自己还活着，没有缺胳膊少腿，还可以通过自己的努力和命运的黑色幽默较量搏斗，还可以勇敢地有尊严地与困难较量，这种感觉很踏实。

过去我很喜欢莫扎特的作品，因为我觉得他创作出来的音乐是那么唯美纯粹、轻快明媚，仿佛来自于神界。

随着年龄的增长，我开始喜欢贝多芬。他的作品并不像莫扎特的那么优雅精致，雄浑里透着粗糙，甚至是壮烈和苦涩，但正是这样歌颂残缺和苦难，表达人的渺小和无力、顽强和不屈，才显得无比伟大。就像《命运》交响曲的第二乐章，它或许不悦耳、不动人，却能够直击心灵最深处，撞击出深深的共鸣，那就叫悲悯。

每个人都是通向死亡道路上的西西弗斯，都是和鲨鱼搏斗的老渔夫，一直努力，大概不是为了比谁死得更奢华，只不过是为了赋予无可选择的人生以更多尊严和勇气而已！

女博士的陷阱

大概因为专业的缘故，总能认识很多来自世界各地的女博士。有的年轻如花，有的已为人母，却都投入地献身于科研事业。随着年龄的增长，在她们之中的一些中国妹子却越来越烦躁恐惧不淡定。

没有谈婚论嫁的总是在诉苦："唉，还要读几年啊，耗不起啦，家里催着嫁人啊，晚了就没人要了啊！"

即便是结了婚的，也好不到哪里去："公公婆婆催着抱孙子，这可怎么办，俗话说'一孕傻三年'啊！"

那一刻，我突然十分庆幸，自己是个无所顾忌的潇洒男人，还不用那么早去考虑"大限"。原来，当我只顾着研究论文的时候，她们还要多分出一份精力，考虑人类的生理年龄……

害怕生活在西方文化背景下的导师不理解，妹子们还专门热心地向他讲解："在中国有一种说法，一个女人过了二十七，就算是剩女；上了三十，就算是大龄剩女，没人要啦！男人嫌你不够水嫩，婆家嫌弃你不够能生。所以，谁要是读博士，谁就可能成为剩女，就谈不成恋爱，结不成婚，当不成妈，最后孤独终老，寂寞而死……"

没想到，面对如此苦大仇深的控诉，导师却微笑着说："现代社会，所谓的'男大当婚女大当嫁'，不过就是为封建文化的婚姻陷阱找个冠冕堂皇的借口吧。傻孩子，你自己也愿意去相信？"

看看学院里的女老师，每个人都家庭圆满，即使是那些五六十岁的老太太，气质上也还是那么优雅恬静。而在外国学生里，过了三十岁还在追求梦想，没有成家的独立女性也大有人在。同样是人，为什么东方的女性被性别和传统的枷锁束缚得苦不堪言？我们究竟是应该承认现实真的很残酷，还是应该换一种方法去绕过自己脑海中思维的陷阱？

无论是男性还是女性，首先都应该做到财富、时间、思想、精神上的独立，再来说恋爱结婚、生子尽孝的责任。现代社会，女性并不是男性的附庸，不是天生就要尽当妈妈娃的责任。是谁肆无忌惮地一点点消除女性的自主意识，拿天伦之乐的诱惑和传统的价值观剥夺她们与生俱来的平等权利？

婚姻并不是幸福的刚性需求，并不是到了时间就要拆弹的要紧任务，更不是以传统和道德的名义施加给女性的桎梏。

其实，找不找得到终身伴侣、是否要小孩、家庭能不能够和谐美满和学历高低一点关系都没有。那些把责任推卸给学业、工作、事业、社会的人，只不过是在为自己的无能找借口罢了。就算不考虑特殊情况，只按照学习时间来算，本科四年，二十二岁毕业，硕士三年，二十五岁毕业，博士五年，三十岁毕业。在这中间，一个人足足有十二年与他人接触和相处的时间，而且并没有达到高危产妇的生育年龄。

全球化、信息化的时代，没有任何人规定读硕士博士就不能交友、恋爱、结婚、生育，也没有任何人规定读书要像坐牢一样，每天只能待在一个地方，不允许与任何人接触，只等把牢底坐穿。

想遇到什么样层次的人，就应该让自己努力站到什么层次上。想每天油盐柴米，和亲人共享天伦之乐，就早点成家立业结婚生子，并且安于踏踏实实，平平淡淡。想环游世界，和名流雅士谈笑风生，就学习思考，努力打拼，并且随时准备一无所有，从头再来。

这世界上，有很多幸福的小康之家，却没有那么多白马王子和灰姑娘的故事。大大小小的幸福，总有一样可以属于你，只在于你如何权衡取舍而已。

衣带渐宽终不悔

在经历了一段漫长的漂泊岁月之后，我终于顺利完成学业，暂时回到家乡。人生中第一份工作，是大学教师。我供职的学校是离家很近的一所普通的外语学院。"麻雀虽小，五脏俱全"，由于院方的精心运作，在小语种教学、留学、实践、就业这一领域算是独有建树。

最重要的是，其外事处长在一场留学推介会上注意到了假期回国、作为咨询者和西班牙招生老师流利交流的我，于是很有诚意地与我取得联系。作为学校的创始人之一，他求贤若渴，在我还没有毕业的情况下就立下契约，为我提供了人生中的第一个工作岗位，是为知遇之恩和难得的缘分。

西班牙语作为小语种专业，本是大有前途、报酬丰厚的，至少在我刚刚出国的时候，人人都这样讲。然而，短短几年过去，盯着这个专业的人越来越多，只嫌开发不够，不管市场是否饱和。于是，眨眼之间，毕业生就如雨后春笋，而质量却参差不齐。

最终，与我同届的同学中，有人继续远离故乡，在外漂泊——墨西哥的海上油井，委内瑞拉的热带丛林，西撒哈拉的孤村荒漠中都有他们的身影；而那些希望留在家乡，只求平静安稳生活的人则机会寥寥——要么在培训机构混课时，要么在翻译公司跑堂……收入可怜，竞争激烈，前景暗淡。还有很多人因学业不精，直接面临着失业或转行的现实。

相比之下，能够留在家乡，从事与自己所学相关的专业，我应该感到庆幸。

尽管如此，刚办完入职手续，第一次去教室上课，第一天在教师宿舍里安身的时候，还是有一种《放牛班的春天》里，克莱门特·马修刚到池塘底教养院做助教时的失落感。毕竟比不上财大气粗的部属高校，国家院所。自负盈亏的民办学校很简朴，没有动辄就斥资几百万堆砌的大理石、汉白玉校门，没有高大雄伟的教学楼建筑群，没有国家重点实验室，没有名师……一切都显得务实质朴，甚至呆板乡土。

也正因为如此，学校从上到下却有一股《亮剑》里李云龙的队伍的气质——不靠爹不靠娘，就靠我们自己创。没有财大气粗的纨绔气质，也没有繁文缛节的官僚作风，处处都是谦虚、务实的样子。

学校实施军事化管理。早上天还没亮就开始早自习，一直到入夜都还有晚自习。外语并不是什么高深的技术，主要靠时间积累，在师资力量、办学经验有限的条件下，这算是最简单有效的提高学生成绩的办法。对于学校来说，一群人里出了几个尖子，能出国留学，能考上重点大学的硕士，就该张灯结彩了。而但凡有条件出国的人，学校方面都会努力拓展关系安排其出国"镀金"。

冬天的清晨，浓浓的雾气弥漫在校园里，我揉着惺忪睡眼，穿过幽静的林间小路去教室监督早自习。冷空气从衣领灌进来，让人无比眷恋温暖的被窝。走进教室，学生们用书本掩护着还没啃完的包子、煎饼果子，教室里弥散着早餐铺子的味道。那一刻，很恍惚，感觉自己还在高中，只不过位置从课桌换到了讲台上。

我所接触的第一批学生虽然不是什么高考六七百分的学霸和尖子生，情商却都不低。90后的孩子们和我们这一代人很不同，如果说我出生、成长的时候，社会的变革和新旧时代的交替刚刚开始，那么，他们则生活在资讯发达、资源丰富、价值观多元化、社会更开放的环境里，更加早熟、灵敏、活跃，也富有创造力。

我常常对他们说："我不在乎你们的成绩考得好不好，只希望你们珍惜学生时代的每一天，要活得健康，漂亮，有活力！"他们也仿佛都看得见我的心。

我知道，并不是所有人都天生热爱学习，也并不是所有人都只有学习这唯一一条出路。但是，在我眼中，有教无类，学校不分贵贱，学生不分优劣，重要的是他们有没有启蒙老师，以及启蒙老师是否尽心尽力。

作为一名教师，你如果有本事，投入一颗真心，学生们就服你，上课像过节；你如果没有真材实料，只知道耍权威，学生们打心里看不起你，上课也很煎熬。

课虽然不多，但刚刚开始熟悉工作时还是颇有压力的。在教学上，学校非常尊敬和信任我们这几个为数不多的海归教师。于是，我刚入职就带了两个年级，五个班，上百名学生。教研组每周都要检查教案，编撰评学标准；备课组每天都要写教案，检查教案，编写作业，检查作业……

我得一边翻译官方教材，用于西班牙文化一科的教学，一边搜集西语听力材料，用于西语听力的教学。每个周末，我都足不出户，蹲在家里写教案。虽然系、部领导非常民主，没人对我提出多少具体的要求，但是我却时刻提醒自己——当你站在讲台上，面对几十双渴求知识的眼睛时，如果前言不搭后语，或回答不上学生的问题的时候，是找不到借口和台阶的。为了避免尊严扫地，课前课后就要多花时间准备。

还记得当我第一次踏上讲台前，也曾紧张过，但是，想起自己五年来经过的专业训练，看到下面一双双充满期待和信任的眼睛，就在心里默念："别怕，你可以做得好！"

大概是因为初生牛犊不怕虎，大概是因为备课认真，教学有活力，第一堂课的效果很好，我向学生们分享着自己在海外的经历，顺便把知识要点一一带过，孩子们则听得兴致勃勃、津津有味。

我的教学经历是非常短暂的，白驹过隙之间，孩子们却已教会我成长为一名对得起自己良心的老师。冬末春初的一天，我感冒了，带病上课的时候声音沙哑，说话吃力，学生们立刻就发现了。第二天，我刚到教室，就发现讲台上放着一瓶饮料，一盒润喉糖，旁边放着一张小纸条，上面用娟秀的字体书写着安慰和祝愿的话语。我抬起头来，看到全班的同学也看着我，脸上尽是关怀的表情。

那一瞬间，我仿佛想起了自己高中晚自习的时候，和小伙伴们猜拳决定谁以上厕所为理由去楼下商店买零食和饮料的岁月；那些，都是逝去的青春……而此刻，我仿佛又变成了和讲台下的学生们一样的"少年不知愁滋味"的孩子。

这种穿越时空的触动，哪怕只有一瞬间，也算是作为教师独享的福利。

在和孩子们相处的过程中，这份工作让人体会出更多名利之外的意义。

我永远不会忘记，在那些日子里，我和一群年轻的同事们把自己最好的青春，最纯粹的理想，初生牛犊的勇气，没有杂念的希望，每一个周末的假期，每一个有早自习的清晨，每一个秉烛阅卷的深夜，还有对学生深切的期待——都寄托在了工作之上，都给予了这些可爱的孩子们。

在此后的人生道路上，在和各种"妖魔鬼怪"周旋的职场里，每每回忆起这一段经历，回忆起师生之间的情谊，都倍感幸运。因为这细腻、温暖的爱，让我懂得了立足本行、爱岗敬业的含义，也鼓励我不断拼搏。

在多少人疲于奔命、多少人面临失业的大环境下，一个文科生本科刚刚毕业就找到了遮风避雨的屋檐，理应知足常乐。一段时间里，我总会在领取工资的时候喜笑颜开，沾沾自喜。然而，又总会在夜深人静的时候辗转反侧，内心里仿佛有某种火一样炙热的东西，在隐隐地波动。

一天，班上最好学的学生向我提出了一个关于语法细节的问题，我的回答却不能使她满意，带着刨根问底的精神，课后，她和我讨论了很久。我发现，对于一个常用的小品词，按照现有的教材和教参，教师只需要掌握和介绍三种用法，而学生已经自学了五种。

她每天那么刻苦，她是那么执着，那么希望能够在老师这里寻找到代表真理的肯定，然而，我却没有足够的能力和学识去回应她。这一刻，我内心里酝酿许久的某种情绪终于成熟，那是一种来自更高、更远的追求的召唤。

于是，我再次背起行囊，开始了求知的流浪。

第三章 自由的灵魂

不管你是谁，高矮胖瘦，黑白美丑，如果已经把自己人生中最好的一面留给了你最爱的那个人，留在了生命中最值得珍惜的一瞬间，那这一生，又有什么遗憾呢？

"白毛大神"的旧照片

我第一次见到教授"白毛大神",是在刚开学不久的一堂课上。他一进来,没有浪费任何时间做自我介绍,没有任何仪式感,而是直切主题,以至于我们都来不及去琢磨他的姓名。其实,他的名字里有个Rey,在西班牙语里就是"国王"的意思。

我还记得,这位"王者"一头白发梳得整整齐齐,身穿浅粉色的丝质衬衣,外套一件白色羊毛衫。讲到激动之处,就把羊毛衫脱下来披在肩上,一会儿穿,一会儿脱,一会儿穿,一会儿脱,如此往复……课后,对他讲的西班牙首相是如何巧舌如簧,或是危急时刻政客们如何凭借三寸不烂之舌化险为夷等内容，我们并没多少印象。留在脑海里的，只有那一头白发，以及那妖娆变幻的白毛衣。于是，大家开始叫他毛衣大爷、白毛衣、白毛……

在西方，优雅、风骚的老头并不少见。但是，相处一段时间就不难发现，相比之下，"白毛大神"真的是特别自恋、特别顽皮、特别难缠，堪称极品中的极品。

老人家常年保持着一种优雅装束——浅色羊毛衫搭配高档衬衣、品牌西裤、贵重皮鞋；在校长都赶地铁的情况下，他风雨无阻地开着三厢轿车来上课。老教授那时已经七十多岁了，却童心未泯，尤其喜欢开玩笑、自嘲，动不动就引用一些寓意深刻的隐喻。

作为经验尚浅、学识不足的学生，只要智商、情商、努力程度稍微欠缺一点，就会在语言、思维、现实、理论上被他打击、数落、讽刺得体无完肤，变得垂头丧气。而且，老教授时间宝贵，辅导和答疑都是点到为止，核心精髓要自己仔细把握和体会，所以，常常说半句话让人猜，要是反应慢或者猜不到点上，他就拼命挖个大坑让你枉费工夫，自作自受。

和他在一起，学术水平提升很大，就好比学武功跟着大师，随便被提点一下，便会功力大增，经验连刷三个等级……尽管如此，也常常会感觉自己就是只笼子里的老鼠，被老猫玩得一惊一乍，心力交瘁。

作为乔治·莱考夫认知心理学理论在政治交流学领域的继承者，老头有足够的自信，仿佛只有他才是真理的唯一标准和不二解释，不接受任何反对和怀疑，永远是一副得理不饶人的霸道样子。据说，忤逆"白毛大神"的人是会挂科的，只有乖乖听话才可以顺利毕业。

因为出版的专著很多，又经常全球巡回讲学，所以，学校把他当宝一样供着。每年，他一开心就给一堆学生十分，让系上大肆派发奖学金；一不高兴就让一堆不听话的学生挂科，让系主任组织补考，帮他擦屁股擦到手抽筋。尽管如此，我更认为，老顽童要不然就是受了什么刺激，游戏人生；要不然就是从小就被宠大的——因为活在花丛中，所以不知好歹——特别喜欢逗弄人，搞黑色幽默，开玩笑没边界，讲冷笑话一点也不冷。

要想顺利通过"白毛大神"的课程，没有人敢掉以轻心，以至于所有的课后时间、周末、假期，我们都在为他的论文奔忙、劳碌，这个学科一度成为整个冬天挥之不去的梦魇。

自然，努力是有回报的。每付出一点时间，就更深入地掌握了一些专业知识，对他平时挂在嘴边的那些理论、案例、玩笑、隐喻，就有了更彻底的理解。细细品味起来，不禁也会心一笑。慢慢明白，其实他有时候看似古灵精怪、尖酸刻薄的特点，正是西方新闻人在发挥舆论监督职能、维护民主和法制时需要具备的性格。而在他难以亲近的外表之下，其实藏着一颗单纯、执着的赤子之心。

说实话，虽然和他相处得还算顺利，但在心底，我依然不大欣赏这个自恋的"大神"。直到毕业多年之后，我的学妹——也是他的学生，偶然找到了一张旧照片。透过这张黑白照片，我们看到了老人年轻时风华正茂、阳光帅气的样子。在大家的再三请求之下，他终于讲述了一个忧伤的故事。

"白毛大神"是拉美移民，小时候就来到西班牙学习生活，接受着良好的教育。16岁的一天，他穿上了西装，去参加人生中很重要的一场酒会。之所以重要，是因为在酒会上，他要和一个女孩跳舞，他们早已事先约好，期待多时。

老头停顿了一下，面对他来自遥远东方的学生，脸居然有点红："我还记得酒会的前一天晚上，我紧张得睡不着觉。"我们可没想到，这么傲娇的老头居然会有紧张、害羞的时候。

莺莺燕燕，才子佳人，那天的一切都是浪漫而精彩的，顺理成章，如愿以偿，如梦如幻，如诗如画。然而，人生无常，后来，因为很现实的原因，他和初恋的女孩最终没有走到一起，后来就失去了联系。

很多年以后，才华横溢的"白毛大神"成了学术大咖，办讲座，上电视，写小说，撰教材，编字典……那个女孩也发展成更耀眼的学术明星，赫赫大名出现在各大会议论坛和维基百科上。作为专著装了大半个图书馆的"出版狂魔"，"白毛大神"曾经专门创作过一本小说，不对外公开，只出版给她看。他们仿佛遵守着某种契约，各自结婚成家后，便保持着某种恰到好处的距离，偶尔通过新闻、出版物和学术圈的八卦得知对方的消息，神交而不谋面。

他最终成了一个任性顽皮的老头子。他以为，舞会上的那个她也会成为一个备受宠爱、家庭幸福、安享晚年的骄傲老太太，就这样安静地遥望、祝福对方，然后走完一生。然而，就在几年前，被学校返聘后，还在饶有兴致地"摆弄"一帮研究生的老头突然得知，那个让他魂牵梦萦一辈子的女子因为癌症去世了。

她的女儿辗转送给他一件自己母亲的遗物，那是一个精致的小盒子，里面有一个蓝色笔记本。

说到这里，老头摘下眼镜，眼眶很红，眼睛里有晶莹的泪光在闪烁："我打开本子，里面是女孩写的日记。"他的声音有些沙哑，"本子上写着，'第一次和我跳舞的男人，是我父亲，第二次和我跳舞的人，是你。'"

韶华易逝，青春不再。不管你是谁，高矮胖瘦，黑白美丑，如果已经把自己人生中最好的一面留给了你最爱的那个人，留在了生命中最值得珍惜的一瞬间，那这一生，又有什么遗憾呢？

同时，我们也应该去珍惜和感谢那些接受你的不完美，愿与你厮守相伴、共度余生的人。

这就是关于我的老师，关于"白毛大神"的旧照片的真实故事。

老头做了场大手术，现在变得憔悴了很多，不过又回学校上课了，依然喜欢折腾学生们。最近，他居然迷上了弹唱，常常在家里抱着一把古典吉他引吭高歌。每当见到我们，总会俏皮地说："人生短暂又疯狂，对吗？我要成为一个歌手，你们同意吗？"

"好哇！"

好好活着，快乐地度过每一天，就是对一切爱你和你爱的人最好的回报。

古堡拾荒匠

在我的印象中，古巴是一个刚刚摆脱列强殖民不久，又常年遭受霸权制裁的国家。我在哈瓦那生活的那些年月，偶尔会遭遇连一瓶饮用水、一卷纸巾的供应都成问题的窘境。然而，每年春季来临，国际书展开幕以后，又会看到另一番与萧条两字毫不相干的繁荣景象。

拉卡巴尼亚城堡位于哈瓦那港入海水道旁，建于18世纪，城墙高大宽厚，垛口面向大海，堑壕深达12米，护城河拱卫着后背。它与其前方入海口峭壁上的莫罗城堡，以及对岸的拉蓬塔、拉富埃尔萨城堡组成了一套完整对称的古典海港防御体系。

在"大航海时代"，这里见证了列强和海盗的炮火与硝烟。民族独立战争期间，又演变为关押爱国者的监狱。而卡斯特罗革命胜利后，这里成为了军事历史博物馆，吸引了大量外国游客的"鸣炮封港仪式"每周都会在此举行。当夜色降临，演员们身着古代军装，高举火把，敲着鼓点，喊着口号，缓步走上城墙，然后装填火药，点燃火炮，宣布海港"宵禁"，以此向世人演绎那流传了上百年的城市传统。

如今，此地也是举办过十多届全国巡回书展的第一站。一个承载着厚重历史的文化符号，就这样自然而然地融入寻常百姓的世俗生活中。

在一个连粮食供应都很紧张的国家，人们有多大兴趣饿着肚子去读书呢？所以，我一直怀疑书展是否只是走个形式而已。可当亲赴现场时，则大为震撼——那些彰显着主权和荣耀的盾徽和铭牌下，悬挂着硕大的地图和路标；曾经武装到牙齿的炮楼和弹药库，此时都被清理干净，并竖起旗幡，贴上编号；平时安静的城堡中，此时人头攒动，挤满了来自世界各地的出版商，摊位上堆满了各式各样、花花绿绿的书本；上至年过半百的老人，下至母亲怀里咿呀学语的孩童，或是热恋中的情侣都在书海中徜徉；小贩们来回穿梭，拿出最好的啤酒、冷饮、新鲜的炸花生、烤猪皮……

此时此刻，这里和欧洲大陆上热闹非凡的复活节集市几乎没有了差异，甚至令人感觉到一丝恍惚。

虽然展会上出售的书籍物美价廉，可对于平均月收入只有几十美元且享受免费教育的古巴百姓来说，为自己添一本新书，就得少参加两次聚会，少买几件进口化妆品，或者晚些给老爷车更换零件。尽管如此，古巴人在书展上消费起来还是相当潇洒，游客们慷慨解囊，出版商喜笑颜开，每年都是一片皆大欢喜的景象。

置身其中，任何人都能强烈感觉到一种对知识强烈渴求的气氛，并且被其深深地感染。此时此刻，你会觉得，这个国家虽然正经历艰辛，却从未失去过希望。

2012年，即将离开古巴前，我最后一次造访书展。我背着摄像机，站在城门口，想永远记录下这场求知的盛宴。就在这时，不远处一个衣衫破旧、正埋头搜集酒瓶和铝罐的拾荒匠拖着一个巨大的垃圾袋，缓步朝我走来。

"你是中国人吧？"他热情地问道。

我很担心对方做出什么突兀之举，因为在哈瓦那的名胜古迹，个别穷人和乞丐总会厚起脸皮，毫不客气地向友好的"中国兄弟"寻求施舍，尽管只是讨要一两欧元糊口，却不免令人感到尴尬。

他不慌不忙地把垃圾装进麻袋，挥手擦了擦额头上的汗，竖起大拇指说："中国好，听说你们刚刚研制成功了一款先进战机，真棒！"

我分明记得，自己也是两三天前才从互联网上分享了这条喜讯，很好奇在一个网络尚未在民众中普及的国度，一个拾荒匠为何如此消息灵通，连忙去问个究竟。

"因为我每天都读书看报啊！"他指了指人们手上的《格拉玛报》骄傲地说："总司令卡斯特罗常说，我们古巴和中国是一样的，努力发展国防工业是为了本国民众幸福安稳的生活，而不是到处指手画脚，搞得世界鸡犬不宁！"

至今，我都不会忘记自己在古堡中和一个古巴拾荒匠聊天的情景，那段跨越时空的奇异经历，更不会忘记这个可爱的喜欢读书看报的家伙在辛苦谋生之余对外面的世界的不懈探索。

这个人、这场书展，或许正是这个国家、这个民族一段历史的缩影，或许它一度身陷窘境，但头颅从未低下，脊梁绝不弯曲。

老费有家理发店

　　我已经在国外漂了十个年头，生活中的几件大事除了衣食住行，还有一样不容忽略，那就是理发。作为浪迹天涯的人，我自然是光顾过各种各样的理发店，也看过各种各样的理发师以各种各样的方式打理头发。

　　初到拉美大地，学校的理发店是免费的，只不过风格比较粗犷、豪放，与美国大片里所展现的入伍和收监时的场景一模一样——潮湿温热的加勒比海风透过油腻发亮的木窗灌进屋子里，吊扇缓慢地旋转，根本起不到送风降温的作用。慵懒的黑皮肤小哥或者丰腴的大妈放下手里呛人的卷烟，麻利地从柜台上拿起一只像是给热狗涂抹黄酱的塑料瓶，往电推子上挤点机油，然后从抽屉里翻出一盒塑料卡套，精心挑选一阵后，找出最符合心意的那一只，啪的一声顶上，冲过来按住你的头，削土豆一般囫囵一推，一个如假包换的"圆寸"造型就这样诞生了。大概他们认为头发越短越性感，所以，无论高矮胖瘦一律剃成这样，毫无造型与个性可言。不过，这种发型倒也清爽整洁，多看几眼也就习惯了。

初到西班牙，很长一段时间都不敢贸然闯入外国人经营的理发店，听说人工贵，害怕稍微修剪一下就折腾掉半个月的饭票，更害怕语言不畅，被修理成嬉皮士。这里的中国理发店倒也不少，里面的杀马特少年染着紫红色的火箭头，哼着《小苹果》，任性地挥舞着剪刀，令人敬而远之。所以，要么趁着假期来临自己动手打造一颗"卤蛋"头，要么就顺其自然养一窝"杂草"。时间长了，总觉得太过不修边幅，心里不是滋味……

终于，在搬到一个新社区后，我偶然发现楼下就有一间理发店，门面很小，蓝色的灯箱上绘着巴黎铁塔。每次从它门前经过，我都忍不住会想，在这个住满了退休老人的僻静社区开理发店，会不会因为揽不到生意，饥寒交迫而死？走近看了下玻璃门上的价格，10—20欧元一次，也不算太贵。透过橱窗一瞄，五六把转椅对着一排明亮的镜子，一组沙发紧挨着放满报纸杂志和水果糖的茶几……这和国内的发廊其实没有多大区别，而屋里等着理发的男女老幼早已排起长队。

客人们走得差不多，终于轮到我了，店主——也就是理发师，热情地招呼我坐下。这是个小个子男人，套着一件军蓝色的高领毛衣，头发有些花白，但是眼睛明亮，精神饱满。他瞄了一眼我那鸟窝似的乱发，大概已经知道要做个什么造型，在征求了我的意见以后，熟练地举起了剪刀。

理发师手上很麻利，嘴上也说个不停："你是中国人，还是日本人呢？"

"中国人。"

他说："住在我们这个社区的中国人可多了，路口开酒吧和百元店的那一家子就是中国人，来这里十五年啦。店主的两个儿子是我的老主顾，西班牙语说得挺顺溜，不过他们的父母还有些中国腔。"

"中国人和其他国家的移民不一样。有些人到了这里不是坑蒙拐骗就是等着要救济，而你们一年四季都在努力地工作。每次下了班，我一去街口那个酒吧，那家的小伙子就会立刻给我倒上一杯里奥哈红酒，旁边再摆上一杯清水——他记得住我爱喝什么，真是细心啊！"老板啧啧称赞。

"对呀，中国人勤劳又认真。"我应和着。

"中国爸妈在一起，中国儿子和中国儿媳在一起，看起来，你们中国人好像不太喜欢娶个外国媳妇，或者嫁个外国人吧？"他好奇地问。

"可能是我们的文化决定了大家比较保守和内向吧，不过，还是有中国女孩在这里找外国老公的。"我一面向他解释，一面想起前几天同学才举办的中西合璧的隆重婚礼。

"哦，看来现在的年轻人的确是越来越开放了，全世界都一样。"老板喃喃自语，"我在这个社区生活了很多年了，看到好多孩子出生、长大，如今经济不景气，他们走的走，嫁的嫁，各奔前程，去更富裕的国家赚钱。现在，这儿只剩下一些七老八十的老街坊了。"

老板指了指橱窗里的埃菲尔铁塔摆件："我其实是法国移民，小时候不爱学习，19岁时选择了读技校，在巴黎学习理发，白天上课，下午就到店里实习，积累了不少经验。后来跟随家人来到西班牙，先是选择了参军，退役后换取了入籍资格，便留下来干起了老本行。"

他放下剪刀，拿起推子，骄傲地说："从事理发师几十年，现在六十多了，我有了三家店，由妻儿分别照看着。"

"生意好吗？"我好奇地问。

"有时人少冷清，有时加了帮手也忙不过来。不过我并不在乎钱多钱少，忙碌还是清闲，每天能做自己喜欢的事情就行。我对自己的手艺还是很有信心的，顾客也都很认可，这就令人很开心了。这些年，全靠周围这些老主顾照应着，日子过得还行。"老板显得信心满满。

说话之间，已收拾停当，新发型令人十分满意。他转过身，从抽屉里拿出一张名片递到我手上，上面印着埃菲尔铁塔和他的大名——Federico，和招牌上的一模一样。我想起自己执教时遇到的一个姓费的学生，西班牙外教就给他取了这样一个名字。于是，我默默地念出来："老费。"他一下就明白了我的意思，很开心地跟我学念自己的中国名字。

理发的过程很快，可思绪却在此驻足。社区里的糕点店、蔬果店、药店、花店、理发店、杂货店、烟草店、咖啡厅就这么几家，不大不小，不多不少，不远不近，维持着一种微妙的供需平衡。每一家都有一个特征明显的店主，专注而开心地打理着自己的生意，和每一个客人热情寒暄，拉拉家常，聊聊生活琐事。

我知道，艰难岁月里，当地经济并不景气，他们的日子也越来越不好过，然而，当每天太阳升起，看见橱窗里整齐的摆设和那一张张温暖的笑脸，总是令人感到温暖而惬意。

记忆中，家乡的小店总是频繁地更换着门面和招牌，能够长期发展、世代传承的店很少，而精益求精、坚守一隅的店主似乎也不多。这或许是由于竞争激烈，或许是发展太快，或许是生活所迫。不由得有些羡慕古今中外那些做一行爱一行的匠人们。也许，正是因为这样，才能孕育出一个又一个享誉世界的百年品牌。

严中有爱

成长路上，遇到过各种各样的老师。在他们之中，那些幽默、温柔、极富亲和力的总会给人留下深刻的印象。而仔细想来，真正被人铭记、终生难忘的，却是那些个性鲜明、不近人情、古板较真甚至让学生有些畏惧的严师。

在古巴读大学预科的第一年，每天早上六点就要起床，洗漱，吃早餐，八点在操场集合举行晨会和升旗仪式，然后进入各班教室，上课到正午。午饭后，可以回寝室休息片刻，下午两点到四点再继续上课，晚上八点到十点还有晚自习。

每个班成员十人，配一个生活老师一个班主任，还有专门的语音师。对于我们每天的生活起居和学习，他们都会跟踪观察，详细记录和打分，每月做一次总结。那时候，感觉老师们都像《大话西游》里的唐僧一样，成天嗡嗡嗡，嗡嗡嗡……

看到这里，你们是不是觉得很扯？大学了，还弄得跟小学生一样。然而，他们对大学生也是如此严格。后来，我才了解，在这里的教育体制下，学校并不在乎你是不是神童，可不可以背诵圆周率或者倒背《滕王阁序》，他们只在乎你的态度、参与度与积极性。

初到国外，语言不通，而队伍里没有任何翻译，大家不得不从零开始，遵循母语教学法，直接掌握一门新语言。我们的学校位于乡村，远离大都会丰富多彩的生活，大家每天除了上课、写作业、上网、打球、与教职员工搭讪，就鲜有其他的消遣。学生们大多在十八九岁就离开家，独自来到陌生之地，每个人都有自己的脾气，时间长了，无聊、枯燥、思乡的情绪开始滋长泛滥。过了刚来的那股新鲜劲，有些同学终于坐不住了，厌学，旷课，专门和老师对着干……

其实，大家也不是不知道，要想顺利完成本科学业，就必须学会这门语言，也并不是不知道，教职员工对我们关怀备至，这样做仅仅就是任性叛逆。

当时，有一个外籍生活老师每天早上来叫大家起床。想起来也惭愧，老大不小的人了，偏好赖床。而每天，那个老师都会充满激情地在走廊里大喊Buenos días（早上好），然后不停地说，小伙子们，起来了啊，太阳都照到屁股了啊……那个老师，就这样不厌其烦地叫了我们一个学期！

学校很小，在一个方圆百里都是种植园的乡村里，只有三栋楼房，一栋是宿舍，一栋是教学楼，一栋是食堂。

我出国后的第一个春节，远在大洋彼岸的女朋友提出分手，我郁闷焦急，像热锅上的蚂蚁，刚参加完学校举办的春节聚餐，就从生活老师那里骗来了教室钥匙，偷偷溜进教室打开电脑上网。由于每个教室里配置了直接插网线的电脑，比寝室里共享路由器的网速快很多。进入教室以后，我就把门反锁起来，合上百叶窗，准备独自熬个通宵。只有这样才能打破时差，与国内女朋友取得联系。

不曾想，值夜的老师查房时发现我不在床上，立刻满学校寻找。终于，他们排查到了教室。负责生活的副校长贝尼亚是一个五十多岁的白发老头，平日里他总板着个脸，皱着个眉，令人敬而远之。老爷子听见教室的空调还在嗡嗡作响，就使劲拍门。我当时既恐惧又反感，心想："大爷呀，你还真会挑时间啊，大半夜不睡觉像个猫头鹰一样到处跑，真的好吗？"

于是我调暗屏幕，屏住呼吸。不一会儿，敲门声渐渐平息。我骄傲地以为自己取得了最终的胜利。结果，只过了几分钟，令我意想不到的一幕出现了——一个黑影赫然出现在了窗外，使劲拍打金属百叶窗，同时呼喊着我的名字，把我吓得半死。

教室的一头是门，连着走廊，另一头是窗，窗下有一排半米宽的狭窄屋檐，而我们的教室位于三楼，屋檐离地十多米。老头竟然徒手从楼梯间的空隙翻过护栏，又绕过一台台空调机箱，用脚尖踩着薄薄的屋檐，一点点挪到窗前。他一只手钩着沾满石灰的窗台，一只手拍打窗户，嘴里大声呼喊，还时不时用手指去掰百叶窗，想尽快了解教室里面的情况。

看到眼前这从天而降的"蜘蛛侠"，我心想："软的怕硬的，硬的怕不要命的，大爷你赢了，我整不过你！"然后开门投降。我本以为会被狠狠收拾一番，第二天晨会时更是要被拎到主席台上去罚站，全校通报，严厉批评。没想到，打开门后，贝尼亚瞪着眼睛看了看我，擦擦头上密密麻麻的汗珠，长长舒了一口气，什么也没说，只是拍拍我的肩膀，让我回寝室睡觉。第二天，日子照旧平静如水——事情就这么过去了。

后来，有老师告诉我，老校长曾经是军人，为国家奉献了几十年。现在年纪大了，上司体谅他，将他调到学校里——这样可以轻松一些。如今，在他这年龄早就是当爷爷的人了，却远离自己的家人和子女，自愿来参加这个项目，和我们这些国外愣头青们在一起吃、一起住，每年只有一周多的假期。如果我们有个三长两短，他这一辈子辛辛苦苦的努力付出和兢兢业业的工作态度，也就算是被彻底玷污了。

后来，有一次，我们全班进入老校长的办公室参加一个小组活动，但正好他因为紧急公务外出未归。原地等待的时候，我注意到墙壁上挂着一张白板，上面密密麻麻记满了日程和活动安排，角落里写满了各种批语和符号，顿感震撼——当我们每天操心饭好不好吃、早晨吃啥、中午吃啥、晚上吃啥、和妹子关系好不好的时候，他和其他老师们操心的却是课怎么上、活动怎么安排、物资怎么调度、安全隐患怎么预防和排除等大小问题，以及无数细节。

自从我离开预科进入大学，就再也没有见过他，但总会在深夜里想起一些事情，内心充满歉疚和感动。后来，项目结束，老师们也各自散去，有的回家，有的出国。或许，当我懂事自立，当我有所成就返回自己的第二故乡去感谢和报答老头的时候，再也没有机会从茫茫人海里找到他。他一辈子教过太多学生，即便遇见我，也不见得还记得发生在我们之间的事。

其实，很大一部分老师都是这样的，把自己的爱和毕生的心血倾注在每一个孩子身上，却从未想过有一天，这些孩子能够给予自己什么实际的回报。

还记得，大一时学校开了一门西方艺术史，教我们的老师叫罗兰多，是个腼腆内向、优雅飘逸的年轻男子。他说话声音不大，偶尔还有点口吃。第一堂课上，大家正努力适应他的口音，摸索他的套路，结果，他讲着讲着突然拿起笔，随手在白板上画了一个正圆，技惊四座。后来，我们慢慢发现，他随便抬手画一条直线就绝对笔直，画圆就是圆，椭圆就是椭圆，要多少度就是多少度，精确无误。于是，我们对这个寡言的老师刮目相看。

上课很辛苦，知识点浩如烟海，从古埃及到后现代，从特里克岛的陶罐到莫奈的《日出》，我们被要求记住每一个时期不同艺术形式的特征、代表作品、作家、个体差异……

比如，古埃及画像为什么都是脚和头朝着一个方向？罗马的神庙地基为什么普遍比希腊神庙的地基高出一截？大卫和黑大卫为什么一个阳刚一个阴柔？……老师虽然内向温和，却非常坚持原则，复习时给大家划定的范围之广，令人瞠目结舌。

那一学期，为了考试，写了很多小纸条，记了很多新单词，深夜里常常还在走廊上抱着书看。有时候也会想，记住西斯廷小教堂天顶上画了几只天使、几个神有什么用……

后来，到了欧洲，第一次爬上圣彼得大教堂的穹顶，俯瞰那精致的椭圆形广场；第一次站在万神殿下，感慨古罗马拱券结构的神奇；第一次抚摸美第奇宫的墙砖，惊叹文艺复兴的辉煌；第一次穿过查理大桥、火药塔，仰望那高耸入云的哥特式尖顶；第一次拜访罗卡角，和恩里克王子一起畅想海洋；第一次欣赏《格尔尼卡》《蒙娜丽莎》《夜巡》……

我突然就想起了自己的艺术史启蒙老师，脑海中自然而然地浮现出那些曾经日日夜夜折磨我们的生词和考点。此时此刻，它们不再是枯燥晦涩的，反而使眼前的景物活了过来。我甚至开始后悔，自己当初在课堂上是多么投机取巧，不求甚解，没能够多记住哪怕是一个单词，以至于有一天面对这些瑰宝，频频感觉大脑缺氧。

"书到用时方恨少"，我们年轻的时候，没有人能说得清万一哪天梦想突然就实现了会怎样，没有人能说得清自己会不会有机会走出去体验外面的世界。而最大的遗憾就是，当你站在人类几千年智慧和文明的结晶面前，却因为无知而麻木，因为肤浅而体验不到文明带来的快感。

到了西班牙后，换了环境，老师又有些不一样。可能是西方国家的教学法有自己的特殊性，这里的老师非常自我，课堂非常自由，老师和学生常常展开论战，讨论得昏天黑地。很多课都是启发性质的，老师只管你上课是否迟到早退，考试及格与否，其他的概不过问。问题是，他们自己早已是把大师们的专著翻烂了，吃透了，而我们面对列维·施特劳斯、瓦尔特·本雅明、马克思·韦伯、维克多·特纳、尤里·洛特曼、齐泽克等人时简直就是一头雾水。

而此时此刻，没有任何人再监督你、帮助你，你要依靠自己从一片汪洋大海中寻找材料，在一片荒野上搭建属于自己的知识宝塔。于是，突然怀念起过去被人关心着的日子。

大家最敬畏的老师是坦德尔，也是整个学院最严格、最不讲人情、作业最复杂、考试最麻烦、"挂人"最多的教授，但也是全校所有妹子和汉子们公认的男神。他有着挺拔的身材、深邃的眼神、性感的络腮胡、深蓝色的眼珠、学者的气质，这些当然容易让我们着迷，但是，坦德尔教授深受大家喜爱完全不是因为他的外貌。

当马德里政府来学校进行评级审核时，我受邀和学生代表一起接受考察团的问询。对于一所规模庞大、历史悠久的高校来说，各系在师资、教学、教材、硬件、软件上肯定存在优劣差距，在发展的过程中难免会暴露出各种各样的缺陷和问题。就连厕所不够豪华、网速不够快、咖啡不够好喝也会被一一记录下来，反馈上去。但是，当说到教师素质的时候，大家一致认为，坦德尔教授完美无缺，无可挑剔。

我还在读硕士的时候，坦德尔教授就已经是新闻学院的副院长了，他负责教授我们互联网政治学。每次来上课时，他总是精确到秒，神采奕奕、精神抖擞地踏进教室。有些老师会迟到早退，有些老师会人间蒸发，然而，坦德尔教授绝对是"言必信，行必果"。

每年罢工季里，学生用铁链把研究生部教学楼的大门锁了，他也会在主楼里找一间空教室，不慌不忙地给大家把课上完。有些人会抱怨，哎，又没办法找借口不上课了。但是，有些同学也会心怀感激，本来课时就不多，能抓紧时间多学一点算一点——这是他在为我们负责。

每次进教室的时候，他都是穿着干净整洁的衬衫，搭一件羊毛衫，夹一只真皮公文包，皮鞋擦得锃亮，高贵、骄傲的学者风范感染着每一个学生。

他的教学计划非常清楚详细，规定了每一节课的教学目标、知识内容、考试和作业的安排、文献书目等。在开学第一堂课上，他会认真介绍教学体系和评分标准，让每个学生清楚地掌握他的套路。上课后，他会严格执行所有的计划。这看起来很严格、很麻烦，但是，对于大多数人来说，偏偏是最有安全感的，因为你的总成绩不是由一次作业、考试、论文来决定的，也不是由老师的心情或喜好所左右，而是依据出席率、课堂参与、课后总结、小组调查研究、考试等各项目的综合表现来评估。

而且，他对待学生非常真诚、亲切，对待知识则非常严肃、认真。学生所有的问题他都会解答，所有的邮件他都会及时回复，无论是爱学习的还是不爱学习的学生，都会被他的态度所打动。

坦德尔不是一个贪慕名利的人，但因为个性稳重，学校还是要求他担任一些行政职务。实际上，新闻学院的行政工作是非常繁杂的，而他又是一个醉心于科研、教学的老师，对此实在难有太大的热情。每当我们出席各种会议，其他老师们都是西装革履，而他总是穿羊毛衫配衬衣，不是那么正式，却很有亲和力。其他老师邀请他上主席台，他总是婉拒，留在下面和学生们坐一起。

然而，他一旦接手了行政职务，不管是自己领衔，还是替人分担，对待工作却是相当认真严肃，甚至不近人情。坦德尔担任硕士博士管理委员会主席的时候，会按时给每一个同学发行政和活动通知，会耐心给每一个搞不懂手续的留学生解答问题，会把系部网站上的信息整理得井井有条。

真正喜欢上坦德尔，是因为几年前的硕士生毕业典礼上观察到的一个小细节。典礼结束时，合唱团献歌一首。我注意到，坐在学生席边上、一向非常低调的坦德尔站了起来，庄严肃穆地跟着合唱团轻轻吟唱，一边唱，一边用温和的目光注视着学生们。

我突然很感动，因为这个世界上依然有人活得这么纯粹——如农夫之于禾苗般对学生呵护备至，如信徒之于神明般效忠本职。

这个世界，总需要一些人不追名逐利，而这些人，便是最有魅力的人。在和他们相处的日子里，我发现，自己身上悄悄发生了一些改变——这是某种精神的传承。

老师，其实是一个靠实力说话的行业。当他们站在讲台上，一言一行，一颦一笑，都逃不过学生们的眼睛，所有的知识、经验、谈吐、气质，会令学生在心中反复诠释"老师"的含义。

老师带学生，很像排长带兵，如果自己雷厉风行、血气方刚、令行禁止、身先士卒，这个队伍就会被感染得充满正气；如果手无缚鸡之力，常常带着队伍打败仗，那么大家难免怨声载道。

要成为一个好老师，绝不是靠讨好学生，也不是靠恐吓学生，只有凭借过硬的专业技能、知识、经验来树立威信。老师给学生信心，学生才可能对自己有信心。老师尊重知识，学生才会尊重知识。

少年，好好珍惜你在课堂上的时光吧。如果你还有机会做学生，有条件读书，请重视你无忧无虑、理直气壮获取知识的权利，理解那些无私地捍卫你的权利的严师。

赫苏斯与我

　　劳尔·卡斯特罗执政以后，古巴政府出台一系列改革措施，鼓励个体经营。十多万人跃跃欲试，先后领取了个体户执照，在这座因封锁、制裁而沉寂多年的岛国上掀起了一股创业热潮。

　　还记得，那个夏天湿热不堪，尤其是在拉闸限电水源耗尽的午后。位于海边低矮的平顶宿舍如同烧得正旺的意大利餐馆的土坯炉，墙壁上散着热气。课后，一帮平日里生龙活虎的年轻人，一个个都成了软瘫的比萨饼，紧贴床板动弹不得。汗水很快浸透了衣裳，裂纹慢慢爬满了嘴唇。从窗口偶尔吹进来一丝咸腥的海风，轻抚皮肤表面，透散一丁点凉意，就如同久旱之甘霖、救命之稻草。

忍无可忍的我终于还是像往常一样，踩着哈瓦那人字拖，翻越碎石密布、杂草滋长的迎风坡，沿着被烤热的柏油路走向校门外加油站的小酒吧，去买一瓶压在冰柜最下面被冻成硬块的矿泉水，好熄灭心中的焦躁之火。

那天，校门口这巴掌大的地方一如既往地热闹，出来寻水觅冰的伙伴络绎不绝，还有那些直接挤上人满为患的公交车前往二十公里外的哈瓦那寻找冷气开放的公共场所乘凉的同学。烈日下，有个皮肤黝黑、面容和善的小老头，身穿醒目的红色文化衫，头戴破旧的白色棒球帽，推着一辆与他的身材很不协调的二手女士单车，在我们身边来回走动，还时不时抬起头来，眯起长满鱼尾纹的小眼睛，露出洁白的牙齿，对着来来往往的路人们大声吆喝：

"果汁、果汁、冰镇果汁！芒果、酸角、西瓜、鲜榨果汁！"

身体仿佛不听使唤，我顺着召唤凑上前去。

"鲜榨的果汁，只要一个红比索！"他就像个地下交通员，环顾四周了一番，然后小心翼翼地掀开搭在车筐上浸了冰水的毛巾，露出几个大号塑料瓶，咧开嘴，憨憨地笑着。只见瓶子里黏稠浓厚的果汁包裹着冰块，若隐若现，细密的水珠聚集在光滑的瓶壁上，晶莹剔透……

"别急别急！"他又转身打开车架上的篮子，掏出包装成小袋的炸菜饺、花生米、烤猪皮。我迫不及待地接了过去，这一口冰凉，一口酥脆，真是快活赛神仙啊！

傍晚，我和好友躺在高大的椰树下，伴着涛声，沐着夕阳，分享偶遇的福利，感觉那真是世上最令人满足的珍馐美味。从此，我也就记住了这个叫Jesús的贩子。他的名字按西班牙语英译，就是赫苏斯，也可以叫耶稣，他也真的仿佛神的儿子一样，总是风雨无阻地出现在校门口，露出憨厚质朴的笑容，带来各种令人垂涎欲滴的零食。

那时，这个被制裁了多年的国家刚开始有了一丝变化，政策稍微宽松，小贩也是初上街头，还有些迟疑踌躇，赫苏斯可以算是白手起家、大步前进的勇士了。他从不偷懒，早出晚归，货品又能做到物美价廉，童叟无欺，而且还心思细腻——总是热情地和路人聊天，打听大家的口味和偏好，所以，很快就聚集起一帮忠实的客户。

到了秋季，老头儿的篮子里已经不再是果汁和几样简单的零食，还添了金黄酥脆的西班牙炸饺、香甜的苹果，品种越来越多，自然广受欢迎。

"你们中国人常说的饺子，究竟是个什么样子？"我正大口咀嚼，陶醉在金枪鱼与酥皮糕合散发出的美味之中，他冷不丁地提出了这个问题。

"大厨，你这是打算开发中国菜了吗？"我有些调侃。

"对啊，你可以教教我吗？"他一脸真诚，睁大双眼，像个孩子似的看着我。

于是就在那个晚上，我第一次受邀去他家做客。

穿过公路，绕过一大片废弃的停车场，眼见一排小院，朝着最外面的一间浅绿色的小屋就是赫苏斯的居所。院子里长满了齐膝深的杂草，铺满了炭屑的小路通向门口的台阶。一个慈祥的微胖老太太系着围裙，笑盈盈地站在门口，脚下一只白色的哈巴狗钻来钻去，时不时抬起头来轻吠两声。

"这是我老伴，她可厉害了，平时我在外面跑，她就在家里加工美食。"赫苏斯指着那个老妇人，爱意满满地向我介绍。寒暄过后，我随夫妇俩一起进了屋。

房间简陋而狭窄，除了客厅和卧室算得上完整，其他地方不是缺了屋顶，就是少了门窗。一张木桌、几把椅子、一口电炉、少许餐具便是我第一眼看到的全部家当。然而，就在这方寸之间，处处透着温馨——墙面被主人漆成了淡黄色，墙壁正中挂着雅致的油画，窗棂一尘不染，手织窗帘上绣着可爱的动物和花草，干净、整齐的灶台上铺着厚厚的方巾，柜子上立着的相框里是全家人的合影。

女主人非常热情，端出热气腾腾的菜肴，大方招待我。生菜沙拉脆嫩爽滑，意大利面条上撒着新鲜的番茄酱和细碎的奶酪丝，汉堡肉饼里虽然因为肉馅不足，混杂着面粉和土豆，却炸得恰到好处。在这物资匮乏资源紧张的国度，眼下的佳肴算不上奢侈，却已然是诚意满满了。

接下来几天，就在这小屋，老两口教我煮黑豆饭、烤木薯、烙馅饼，我教夫妇俩包饺子、炸春卷、填肉夹馍。陋室中不时回响起笑声，弥漫出阵阵香气。更重要的是，一想到马路对面的大学城里有上千张饥不择食的嘴，我们就像哥伦布发现新大陆一般，按捺不住内心的激动之情。

秋末的一天，晚饭后，我们坐在门槛上乘凉，赫苏斯突然摸出一只俄式军用防毒面具，打趣地说："等咱们的'中国小吃'的生意上路了，如果订单接得太多，房子里油烟太大，我就用这个。"说着他就把面具往头上一顶，握着象鼻子一样的通气管挤眉弄眼，引得我们哈哈大笑。

和老太太聊起来，我才知道，赫苏斯年轻时曾参过军。而挂在客厅墙壁上的一张印着哥特字体的证书吸引了我的注意，赫苏斯把它小心翼翼地取下来，骄傲地说："这是我在德国取得的经济学硕士学位证。"

我脑海中浮现起这样的画面——一个青年游学海外，以优异的成绩毕业之后，归国参军，然后邂逅真爱，生儿育女，白头偕老……可同时我也感到恍惚，想象中的英武青年与现实中这四处奔波的矮小老头相比，反差太大了。而现在，按理说，他的人生已很圆满，在颐养天年的日子里，何必要饱受风吹日晒之苦去沿街叫卖？

"老伴喜欢做菜，还专门报了厨艺班。我退休了也闲着没事，更不想给国家添什么负担。儿女们在外地读大学，以后等他们成家立业的时候，我多少还可以补贴他们一点。"赫苏斯眯起眼，郑重其事地说，宛若一个经验丰富又责任重大的老船长。

过去我总是抱有成见，认为在这个商业落后的拉美国家，人们必然是慵懒、散漫的，眼前这位勤勉自立的老人，令人刮目相看。

"干脆，你把这小院子整理一番，我们就在这里开一家餐馆吧！"我有点异想天开，却又说得一本正经。

夫妇俩瞪大了眼睛："这可能吗？"

初冬的一个下午，赫苏斯收摊以后，我们围坐在餐桌前，商议着创业大计。诸如申请执照、整修店面、进购原料、开发产品、广告宣传……事无巨细，又急需资本，而我和伙伴们正好有些积蓄，于是提出来要赞助他。老人满脸通红，既感激又很不好意思，斟酌再三，最终决定只借一半，剩下的竟然要自己积攒。

于是，他比以前更辛苦更卖力，每天要跑更多趟，卖更多零食，攒更多钱，而每天也带来更多好消息——院前的杂草被清除干净，工人给破烂的厨房加盖了屋顶，营业执照已经开始申请……

深冬，几场大雨过后，空气变得潮湿而寒凉，我像往常一样，带着伙伴们登门做客。赫苏斯不在家，老太太习惯性地从后院的花盆里剪了几片新鲜薄荷叶，切成碎末，混着生姜熬成热茶分给大家喝。那天，赫苏斯回来得特别晚，一进屋就倒在了床上。原来，他一大早去哈瓦那进货时淋了雨，中午又晒了太阳，到了下午就开始发烧了。

"我得赶快睡觉，明天还要早起去进货！"老人一面哆嗦，一面用被子把自己捂得严严实实。

"都病成这样了，身体要紧，就在家好好休息吧，就一两天，损失不了多少。"大家都劝他。

"不是钱的问题。"赫苏斯撑起身，接过杯子，喝了一口热茶，"我今天在哈瓦那专门定了几十只面坯，如果就此反悔，又没办法通知店主，一定会给他造成损失。钱虽然不多，可做人一定要讲信誉！"

我突然想起，平时如果有任何物件落在了他家里，小到半瓶饮料，大到一台手机，他都会忙不迭追出来，一路小跑着把失物交还到我们手上。要知道，在这个国家，对于月收入普遍只有几十美元的穷苦大众来说，拾金不昧需要足够的魄力。我不禁越来越敬佩这位合作伙伴，他其貌不扬，谈起生意的时候甚至表现得狡黠，可骨子里明明还潜藏着一种极其宝贵的东西，熠熠生辉。

冬季很漫长，我也临近毕业，每天忙着论文和各种琐事，渐渐顾不上每天翘首企盼的赫苏斯，而资金与人力又是那么匮乏，关于餐馆筹建的一切都进展得无比缓慢。屋漏偏逢连夜雨，学校政策突变，大批学生即将离开现在的驻地，这意味着我们预估的市场会大大缩水。我甚至不好意思去见他——因为不知该如何交代。

最终，我还是不辞而别了。可每当夜深人静的时候，隔着千山万水，心内歉疚不已，总会牵挂，总会思念。终于，等我攒了一点钱，便委托去古巴旅游的朋友转交给赫苏斯夫妇。

春回大地，万物复苏。朋友给我寄回了一张照片，老夫妇站在院子里，脸上的笑容像阳光一样温暖。

又过了几个月，我收到了一张明信片，上面是老人工工整整的字迹——

嗨！我的朋友，你就这样不辞而别，我们都来不及为你送行。

你走后，学生们也陆续离开了，于是我和老伴商量了一下，用以前的积蓄，把小屋改建成了家庭旅馆。旅馆已经开业了，生意还不错。

谢谢你的帮助，等你回来。

未来会更好！

我永远不会忘记赫苏斯在漂泊之路上带给我的震撼和感悟。每当回忆起他家的美食，还有他的勤劳、质朴、诚信、坚韧……就像在寒风暴雨中轻触一件刚刚被暖阳烘烤过的棉衣，温暖，就这样顺着指尖，滑向胸口，滋润心田。

素心人的坚守

钱锺书曾经说过，"大抵学问是荒江野老屋中二三素心人商量培养之事，朝市之显学必成俗学"。

要成为大师口中荒江野屋中的素心人，真是需要相当的魄力和资本的。

当我读博士一年级的时候，绝不会想到，我们那笑容可掬的导师是一个不折不扣的"电影狂魔"。无论刮风下雨，每周都要让大家去参加课外活动——到放映厅欣赏一部由他精选的电影。在我多年的留学生涯中，这可要算是一段奇妙的经历。

穿过各种走廊和通道，坐电梯降到地下室，颇有一种特工前往军情六处秘密基地参加会议的感觉。大家在人来人往的走廊上挑一个不起眼的地方集合等待，热情寒暄，摩拳擦掌，仿佛马上就要干惊天动地的大事。终于，教工来了，夸张地掏出一大串钥匙，试了半天才捅开一扇蓝色的铁门，里面竟别有洞天——巨大的帷幕，舒适的沙发，要是再添几个叫卖可乐和爆米花的小贩，俨然就成了一座高级影院。

老师打个响指，长臂一挥，潇洒地把磁碟递给楼上的放映员调整、准备，然后就靠在前排座位上，滔滔不绝地向我们介绍关于这个作品的时代背景、导演、演员、剧情、精彩看点等。他的选材非常广泛，不仅有新片，还有一九三零年代的老片，甚至默片；不仅有外国大片，还有很多中国导演甚至冷门导演的作品。

他的观影介绍也非常专业，不是拿着影片简介照本宣科，也完全不同于一般的娱乐或商业化宣传，所以常常会刷新我们肤浅的认识。比如，看《巴尔扎克与小裁缝》时，他会告诉我们，剧情有古希腊皮格马利翁故事的影子；看《谍网迷魂》时，他会向我们解释刻板印象是如何被政治操纵摆布，再通过媒体宣传演变为偏见甚至歧视；看《红气球》时，他会让我们去联想每一帧画面中所表达的隐喻；看《母亲》时，他会联想到埃德加·莫兰的复杂性研究和巴赫金的"狂欢"理论。

每次看到教学楼里张贴出来的影展海报，不管看没看过，我都会煞有介事地默念它的名字，然后一本正经地嘀咕："宝贝儿，你就要有新名字和新观众了！"

最开始，不少人都是为了混学分、拍马屁才勉为其难地前往的，因为如此专业的电影鉴赏和讨论，如同阳春白雪，自然曲高和寡，有时还和大家的专业研究领域毫不相干。

就这样，日复一日，一群一说到电影就想到消遣娱乐，就只知道莱昂纳多·迪卡普里奥、威尔·史密斯、尼古拉斯·凯奇、汤姆·克鲁斯、裘德·洛、约翰尼·德普、奥黛丽·赫本、娜塔丽·波特曼、安妮·海瑟薇等明星大腕的外行粉丝，也渐渐认识了弗里茨·朗、罗伯托·罗西里尼、费德里科·费里尼、布赖恩·德·帕尔马、比利·怀尔德、艾尔伯特·拉摩里斯、让·吕克·戈达尔……大家慢慢开始学会站在另一个层次上，细细品味每一部作品带来的惊喜和独特快感。

学校里有很多学术明星，也有很多政教高手，而我这位导师却是个从不沽名钓誉、只顾钻研的老头，还是个热情似火的话痨，对任何事情都有自己很独特的见解，话题一旦展开就滔滔不绝。我们经常跟随着他一聊就是整个下午，不到学校关门清场都不好意思擅自提前离开。在课业和工作繁忙的时候，我多少还有些不自在——不参与则缺乏互动，参与则太耗时间，不说话就显得格格不入，话说少了怕尴尬，说多了怕露馅，颇有一种"伴君如伴虎"的感觉。

就这样，读书、写作、看电影，两三年一晃而过。并没有人天天盯着我们值班、轮岗、泡图书馆、写作业，老师们只是偶尔与我们讨论亚里士多德、尼采、马克思·韦伯、麦克卢汉、莱考夫等学术泰斗的著作和理论。天长日久，总会有人疑惑和抱怨：现在学这么多对今后升官发财毫无帮助的理论，究竟有什么用？甚至，有人在课堂上当众把这个问题提了出来。

正在滔滔不绝传道授业的导师沉默了小半天，勉强挤出一丝微笑，平静地回答："做人可不能这么现实！"

导师有一个习惯：每一次放映电影，他都会认真找到原版海报，送到文印室打印出来，然后张贴在学校各处。观影结束后，又郑重地把多余的海报送给学生们，并留下自己最喜爱的贴在办公室的墙壁上。

有一次，我去他办公室咨询课业，看到满墙壁的海报，非常震撼。更震撼的是，其中一张下面印着的影展日期分明是2003年——也就是说，老爷子一个人组织的"课外影展"至少已经有十多年了。很难想象，这么多年，无论刮风下雨、人多人少，他是怎样坚持下来的。人多的时候，面对一个班的观众尚且还好，人少的时候，面对一两个观众，会不会尴尬？

随着研究的深入，课题的难度也不断变大，面对未知的挑战和清苦的生活，一些人坚持不住了，开始心猿意马起来。一向宽进严出的西方高等学府有自己严格的规矩，终于，不能按要求完成学业的人无法通过年度评审，面临淘汰。班里的同学走的走、留的留，有人结婚生子，有人就业创业，最后留下来坚持苦修的只有少数人。

分别之后，我们又总会在不同的时间、场合再度相聚。大家关心的问题渐渐有了区别，有的人热衷于交流哪里的衣服在打折，哪里的奢侈品又出了新款，哪里的餐厅更好吃；有的人滔滔不绝地谈论娱乐八卦，小道消息；有的人牵挂在某一单生意里别人占了自己多少便宜，自己又占了别人多少便宜；也有的人关心世界是如何运行，我们怎样认识自己，在有生之年，应该怎样和混沌宇宙和谐共生，智慧精致地活出点新意。

我越来越强烈地感到，每天都汲汲于生或是汲汲于死的人们，大多掩饰不住愈发强烈的饥渴、迷惘和焦虑，逐渐作茧自缚，只有依靠外在物质的刺激，才能重新快乐起来。而那些多年来通过读书、探讨形成的思维方式和行为习惯，也正在悄悄滋润着另一些并不那么光鲜、奢华的简单生命。

每接近真理一步，享受它们带来的温暖，享受着学术领域内那些脍炙人口的典故，比如阿兰·图灵的自行车链条、福柯的烟斗、薛定谔的猫……就仿佛发现了一种取之不尽用之不竭的快乐源泉，这是独一无二、要凭智慧才能获得的奢侈的权力，更是深藏内心、永远不会被剥夺的宝贵财富，就好像《肖申克的救赎》里安迪脑海中回荡的莫扎特的咏叹调。

在一些人看来，像我导师这一类的学者们追求的或许是虚无缥缈的东西，我不知道在他的熏陶下大家最终是否会变成不食人间烟火的"怪咖"，不过，在这漫漫求知路上，能够一次次体会真理带来的干净纯粹的快乐，我已心满意足。原来，自己和别人脑子里可以掀起高潮的地方，其实到死都开发不尽。而很多人自以为是地过了一生，最终连通往精神极乐世界的大门都没有打开。

同样是迷航大船上时而自相残杀时而抱团取暖的渺小蝼蚁，同样是混沌之中被推向死亡的无奈生灵，当我们欣赏《晚风拂过树林》这一类人世间最美好的东西时，在走向死亡的道路上，我们会更加从容淡定，而不是更加歇斯底里、仓皇失措……

上善若水

　　在大家常常为了吃而变得情绪波动的岁月里，我和淼淼算是另类，至今，我也不知道我们是如何在饥饿与寡淡中保持心静如水的，而她的淡定更是给我留下了深刻的印象。

　　这个陕西姑娘其实并不算美，但却干净整洁，性格并不娇柔，反而端庄大气。很少有人第一眼就被她的外表所吸引，但却会在日常相处的过程中，慢慢感受到她身上散发出的一种润物无声的人格魅力。

　　平日里，大家去餐厅吃饭，她也会按时前往，但是，当大家抱怨的时候，她却果断地选择了几种自己能够接受的食物，安安静静吃完，然后收拾好餐具默默离开。有时候，看到新鲜的水果、面包，她会像优雅闲适的贵妇挑选首饰一般，摊开餐巾，大大方方地把它们包起来带回寝室——除了以备不时之需外，还可以分发给小伙伴或清洁工，以及在操场附近溜达的狗狗大黄。

在枯燥的预科岁月里，除了教室、寝室、餐厅、操场，以及学校周边蚊虫滋长的种植园，便没有了别的去处。下了课，教室里常常只剩下我俩，或许是巧合，或许是默契，就这样一起躲在有空调的教室里，一直待到学校熄灯。我坐在电脑前写作业，忙来忙去；她盯着屏幕看小说，一动不动。到了发放加餐的时候，我会放下手中的事情，下楼喝一杯鲜榨果汁，或是冰镇酸奶，再领几片苏打饼干或是夹了奶酪的面包上楼。出于礼貌，我会问一下淼淼："你吃不吃？要不要帮你捎上来？带多少？"

这时，她会转过头来，露出淡淡的微笑："谢谢！你决定吧，合适就好。"

当我返回教室，她总是笑着接过食物，同时道一声"谢谢"，然后把面包撕成小块，一点一点往嘴里塞，就像一只安安静静吃草的兔子，我也难免觉得自己像个饲养员。天长日久，"投喂"淼淼仿佛变成了一种令人很开心同时又很牵挂的事——

毕竟，无论饥馑还是富足，多了一份陪伴，人就不再孤单。

新年将至，一个好消息在校园里传开——学校决定举办中西师生厨艺交流大赛，所有人都可以报名参加，登台献艺。每个参赛者在规定时间内用规定食材做好两三道菜，公开展示并供品尝，最后由评委打分，大众投票，选出前三名优胜者。

这样能展露厨艺的事儿，自然少不了我的参与。那天，我和其他选手们第一次煞有介事地戴上厨师帽，披上围腰，抡起大勺，也是第一次看到食堂那巨大的冻库，不锈钢大门背后的各种新鲜食材，就连一贯小气的仓库管理员也是破天荒地慷慨大方，让我们随便挑选。

猪肉切丝，加入蛋清、酱油、白糖、黑胡椒，没有料酒和芡粉，只好用朗姆酒和面粉暂时代替，然后下锅翻炒，加入青椒丝……很快，一道热气腾腾、香味扑鼻的青椒肉丝就算大功告成。

我扭头看看对手们，身旁的同学好像无心恋战，正一面烹饪，一面忙着填饱肚皮——刚刚炸好一块肉，捞起来凉一凉，闻一闻，就果断地吃掉，碟子上空空荡荡，一件成品都没有出现。老校长也兴致勃勃地参与了进来，他童心未泯，把胡萝卜、黑橄榄切成细丝，贴在去了外壳的煮鸡蛋上，拼凑出一窝呆萌可爱的兔子……

我把不同颜色的大彩椒顶部沿着锯齿形圆环切开，做成灯笼状，填满蛋炒饭和青椒肉丝，堆在盘子上，旁边点缀上一些蔬果切片，顿时格外显眼。待揭开盖子，香气扑鼻，感觉已是无懈可击。但考虑到外国人的口味变化不多，油腻而平淡，于是准备再补做一道香酥鸡柳。然而，关于具体的做法，却只记得个大概。

当我按部就班地给鲜嫩的鸡柳裹上蛋清和面包屑，然后摆出一副颇为专业的样子守在锅边油炸时，本来正津津有味地品尝菜肴的淼淼突然走近，冷不丁对我说了一句："鸡肉这个东西，放到锅里稍微过一下油就熟了。"

淼淼那巧妙的点拨恰到好处，一句不多，一句不少，多一点就成了"炸得太老"，少一点则是"炸得太生"。至今回想起来都倍感温暖。就这样，那天我赢得了冠军。当大家围着作品啧啧称赞时，淼淼早已悄悄返回了寝室。

从那时起，她总会给我一种感觉，像是小说中的人物，不显山不露水，却已经是阅尽人间哀乐；同时又理性客观，像一部精密的计算机，无论是做人还是做事，很少留下瑕疵。以至于多年以后，每当我回忆起那段青春岁月，总是很羡慕她的平淡、恬静、智慧、优雅，以及无论身处顺境还是逆境，这种性格带给她的悠然自得的生活状态。再回过头来看她的名字，不禁恍然大悟——淼淼——"上善若水，水利万物而不争"。

在躁动饥饿的感觉常常袭来，困扰着我们的心和胃的那段岁月里，能够和淼淼同甘共苦、相互帮助，实在是一种幸运。而那间狭窄的教室，仿佛就是我们"心灵修行"的世外桃源，充溢着安宁与祥和。

第四章 享受孤独

短短的一生，好像还不够我活明白，只有这只言片语，能够证明我曾经来过，曾经热爱过这个虽不完美却充满上天惊艳馈赠的世界。

滨海有夕阳

九年前的那个春天，经过二十多个小时的飞行，我们横跨亚欧大陆，穿越大西洋，到达了一个神奇的国度。

客机穿越大西洋，缓缓下降，碧蓝的加勒比海上，一座岛屿映入眼帘。岛上植被繁茂，一片翠色，从空中看去，仿佛一块镶嵌在镜面上的绿宝石——这就是古巴。

五百多年前，当哥伦布站在桑塔·玛利亚号的瞭望台上，第一次透过他的望远镜眺望这片陆地时，盛赞这里为"人类眼睛能看到的最美的地方"。如今，几个世纪过去，每一个踏上这片土地的人，仍会为古巴的蓝天白云、碧浪白沙、椰林树影所陶醉。

刚走出机舱，清新的海风便扑面而来。来不及细细品味，热情的欢迎队伍已聚集在大厅出口向我们招手，我们在鲜花的簇拥中走出候机大楼。

乘车来到海关，古巴小学生手持古巴国旗和中国国旗，为我们每人献上一束姜花，轻轻一闻，沁人心脾。海关门口，华人武团正敲锣打鼓地表演舞狮，大家在锣鼓声中走进接待大厅，古巴政府和中国使馆的官员为我们举行了隆重的欢迎仪式。

兴奋劲儿还没有散去，大家就分班上了车。警用摩托鸣笛开道，在颇有节奏感的雷鬼音乐伴奏声中，车队沿乡间小路飞驰，扬起滚滚黄尘。大约打了个盹的工夫，也不知大巴车跨了多少桥，钻了多少洞，拐了多少弯，突然一头扎进茂密的棕榈林，沿着田埂开到尽头。最终，由三栋粉色小楼圈起的建筑物映入眼帘——这便是我们的宿舍、食堂、教室和操场了。刚下车，等待多时的儿童艺术团的小演员们就围了上来，向我们献上精心准备的礼物——手工布娃娃和绘有岛国风景的木牌挂饰，还表演了精彩有趣的歌舞节目。

第一年大学预科的时光，我们就是在这所修建在农村的学校里度过的。学校以古巴革命烈士圣地亚哥·菲格罗阿（Santiago Figueroa Cruz）命名，周围是一望无垠的雪茄田、芭蕉林和甘蔗地。古巴革命领袖倡导青年应该在实践中成长，到最基层接受锻炼，以此培养学生吃苦耐劳的优良品质，故将一些学校修建在农庄附近，只有最优秀的学生才能被选送到这里进行学习和劳动。

哈瓦那大学坐落在哈瓦那维达多区的"大学坡"，俯瞰着整个城市。从坡底的广场走到正门，需要跨越八十八级台阶。台阶尽头，有一尊古希腊风格女性青铜雕像，这就是著名的阿玛·玛德尔，她身披长袍，神情庄重安详，张开双臂，仿佛要拥抱走进哈瓦那大学的莘莘学子。

学生代表向校门前广场上的革命烈士纪念碑敬献了花圈。老师在校门前第一级台阶上拉起一根绳索，当我们跨越过去，就象征着正式踏进了神圣的知识殿堂，开始了为求索真理奋进的旅程。随后，大家来到庄重肃穆的玛格纳礼堂，菲德尔·卡斯特罗曾在这里发表过慷慨激昂的演讲。我们坐在拥有百年历史的皮椅上，宛如跨越时空，哈瓦那大学老教工敲响了古老的黄铜挂钟，宣布我们正式成为这所百年名校的学生。

刚刚见了一点世面，就又被接回了位于内陆农村的语言预科学校。不得不说，乡间的环境仿佛世外桃源，学校被香蕉地、雪茄田、花圃包围着，不远处还有一个水塘，篱笆旁边栽种着翠绿的小西瓜。白天，种植园的工人开着苏式拖拉机和卡车，戴着草帽在红土地上辛勤劳作，收音机里播放着热辣的拉丁歌曲。傍晚的天边总是挂着绚丽多彩的晚霞和火烧云，宛若油画。午夜的空中繁星点点，偶有流星划过天幕，拖出一道长长的尾巴，令人浮想联翩。

预科学校环境清幽，很适合我们学习西班牙语，生活却不免单调，对于适应了高度发达、快节奏、信息化的都市生活的年轻人来说，远离亲友、与世隔绝也是一种考验。每天除了完成课业，与外籍教师切磋西语，参加一些学校安排的文娱节目，便鲜有趣事。躁动的青春无处安放，旺盛的精力无处消耗，思乡的情愫如同雨后疯长的藤蔓，爬满心间。

才过了一个月，我就因为水土不服住院了。待我康复后，正好赶上期中测验，发现自己已经落后了一大截。晚自习时，我跑到教室外，坐在走廊上，看着操场尽头一望无垠的雪茄地，还有花田里大片盛开的非洲菊，丝毫不为美景所动，反而心乱如麻，一个声音在脑海里反复回荡："要不然就回去吧，亲人朋友，美味佳肴，回到中国应有尽有。"

就在这时，值班巡视的老校长正好从宿舍跨过天桥走向教学楼，遇见了情绪低落的我。因为非常了解每一个学生的状况，所以他仿佛一眼就看出了我心中的惆怅。他静静地走到我身旁，靠在阳台的栏杆上，迎着热气还没有散尽的加勒比晚风，看着远方地平线处刚刚熄灭的那一抹红霞，和颜悦色地说："孩子，你欣赏过哈瓦那海滨大道的日落吗？据我所知，那是一生中最不能错过的美景。"

我抬起头来看着他，这个慈眉善目的混血男人脸上尽是兴奋的神色，目光朝向远方，眼睛里有一种叫自信（或骄傲）的东西在闪烁："相信我，当你们顺利读完了预科，就会离开这里，搬到靠近哈瓦那的一个海边小镇，那里浪清沙白，椰林成荫。更重要的是，那时候，你会离首都更近，可以常常去欣赏海滨大道的夕阳，那真的是一件很幸福的事，难道你不愿意尝试一下么？"

就这样，带着好奇心与勇气，我许下诺言，半年后，我要去亲自见证这个备受推崇的景观，去验证他说过的话。

日复一日，我起早贪黑、悬梁刺股，最终以优异的成绩完成了预科的学业，顺利升入本科，搬到了位于海滨的塔拉拉城。这里原本是高级旅游度假特区，空气清新，风景如画，切·格瓦拉就曾在这里疗养。

沿街种植着很多树木，各式鲜花、成熟后掉落满地的芒果、椰子、酸角、无花果……让人感觉仿佛置身于神奇的伊甸园。教室靠近海岸，推开窗就可以看见沙滩和碧浪。宿舍的一头，是金色的沙滩，另一头，是起伏的山丘，切·格瓦拉曾经居住过的别墅就矗立在山丘之上，俯视着整个海滨。别墅旁有棵合欢树，每到春天，树上会开出一串串风铃般的金色花朵，远远望去耀眼夺目。

半山腰有座20世纪挖掘的海防地堡，里面容得下一门加农炮。如今，火炮已被拉走，只剩下掩体上的几棵椰树像孤独的哨兵在站岗。地堡旁边，有一座水泥预制板搭建的舞台，如果挂上幕布，整个海滨就成了一座露天影院。蓝天为幕，缓缓飘动的白云下这座好似宫崎骏动画电影中的山丘，让人充满向往。因为是迎风坡，山丘上的草总是长得格外茂盛，海风吹来，摇曳摆动，泛起阵阵绿浪。在齐腰深的野草中行走，仿佛身临梦境，但是要格外谨慎，因为脚下的碎石间掩藏着海鸥的巢穴，里面时常会有一些鸟蛋，以及刚刚破壳的雏鸟。

慢慢地，我学会了坐在合欢树下看日出——清晨的海滨格外安静，远远的海平面上游轮驶过，示航灯一闪一闪，忽明忽灭，然后天际开始泛白，发黄，一轮红日羞答答地跳出地平线，又迫不及待地爬上来。

我学会了躲在切·格瓦拉故居的屋檐下观雨——那场面恐怖而又恢宏，伴随着震耳欲聋的雷鸣，惨白的闪电撕裂夜空，黑色的水天大幕衬着魔鬼指挥的交响曲……

周末，大家一有机会就会搭乘着老爷车，去首都哈瓦那游玩，探索这座具有百余年历史的海港名城。

哈瓦那旧城及城防工事由西班牙人兴建，被联合国教科文组织评为"世界自然及文化双遗产"。在由帆船、火药主宰的"大航海时代"，这里是重要的军港要塞。在哈瓦那兵器广场、大教堂广场、圣弗朗西斯科广场以及老广场附近，矗立着大量具有很高建筑艺术成就及历史价值的古堡、宫殿、教堂和民居，布局整齐和谐，外观古色古香，迄今保存完好。它向我们展示了四百多年来，从文艺复兴、巴洛克到新古典主义的上千种艺术风格，讲述着一段殖民与抗争、移民与融合的恢宏历史。

主教大街永远是人来人往，熙熙攘攘。狭窄的步行街两旁，餐馆、咖啡厅、书店、珠宝店、家具店、礼品店鳞次栉比，酷似北京的王府井、上海的南京路，虽然规模小很多，名气却并不逊色。在这儿，大作家海明威就曾常常光顾位于街口的"小佛罗里达"酒吧，每次都点上他钟爱的代基里酒，独酌沉思，品完一杯，带走一杯，酝酿出那些脍炙人口的巨著。

哈瓦那的"中国城"也很热闹，这里有拉美地区最大的唐人街，仍使用铅字印刷技术的华文报馆，广受古巴人欢迎的中国功夫学校和提供可口菜肴的中餐馆。在市区9号街的广场上，矗立着一座高18米的圆柱形大理石纪念碑，是1931年为表彰勇敢的古巴华人在独立战争中的杰出贡献而建的，黑色底座上镌刻着冈萨洛将军的名言：没有一个古巴华人是逃兵，没有一个古巴华人是叛徒！

终于有一天，赶在夕阳西下时来到了海滨大道，花花绿绿的老爷车川流不息，五彩斑斓的古建筑错落有致，国宾馆、缅因号纪念碑与远方出海口莫罗城堡的灯塔遥相呼应。这一切都被橘黄色的温暖阳光包裹着，宛若童话世界。海浪有节奏地起伏，拍击着石堤，溅起雪白的泡沫，孩子们围着礁石跳水，情人们沐着晚霞缠绵……

躺在海边巨大的石堤之上，沐着夕阳，听着波涛，这便是我人生中拥有过的最美好的瞬间，也是老校长赐予我的珍贵礼物。正是他教会我——只要相信自己，就没有欣赏不了的盛景，没有到达不了的远方。

哪儿的月亮更圆

这一年，西班牙的雪比去年来得晚了一些，马德里北边的山脊上已经白皑皑一片，城里却没有降下一片雪花，只有淅淅沥沥的小雨敲打着窗棂，水珠贴在玻璃上，聚集又散射着来自不同地方的光线，好似一片繁星。我们点起蜡烛，端出火鸡，围坐一起，迎来了又一个平安夜。

街上湿漉漉的，冷冷清清，偶尔从拐角钻出一辆闪着警灯的巡逻车，静悄悄驶过又消失在十字路口。隔着街道就看得见对面公寓楼的窗外挂出的背着包裹的圣诞老人玩偶，像是圣诞老人真的降临人间，正爬上窗户为听话的小孩子发放礼物。家家户户的窗台上挂着五颜六色的彩灯，起居室里摆放着精美的圣诞树，通风井外，但见一团团升腾的雾气。

我突然想起了在国内过圣诞节时的情景，那已经是高中时的模糊记忆。

晚自习过后，我和盈一起回家。她是个低调内向但聪明无比的女孩，有一个精明干练的母亲和一个常年不回家的父亲。我们推着车，慢慢地走在路上，伴随着链条划过轮轴发出的清脆声响，她讲述着自己小时候和母亲相依为命的往事，以及父亲栖身之处街坊邻里纠缠不清的纷争和矛盾。对于从小不知人间疾苦的我来讲，这些都像天方夜谭一般神奇。

就要穿过城市的主干道时，一群人潮水般涌来，他们精神振奋，情绪高涨，拿着充气锤见人就砸，举起泡沫喷罐伸手就喷。还记得那时候，似乎没有哪个女孩子不喜欢外来的新事物，比如日本的动漫，欧美的歌舞。而这西方最重要的节日，更是理所当然地闯进了我们的生活里。

我还记得她看着流动的人群，嘴角微微上扬，露出一丝淡淡的微笑，如同不食人间烟火的仙女，那一刻，美得令人神魂颠倒。那天，我们只是穿越人流的旁观者，的确很容易被热闹的气氛所感染，然而，我至今都不能体会她那冷艳优雅的笑容的含义，不知道那究竟是快乐和羡慕，还是审视与怀疑。

每逢西方节日，总感觉街道上、商店里老是会聚集那么多人，都格外地兴奋和躁动，这场面和她的微笑已经深深地铭刻在了我的脑海里。其实，我们一直都希望能出去看一看欧美的圣诞节是什么样子。多年以后，成绩优异的她去了美国，我则几经辗转，浪迹欧洲。

来这里四五年了，说实话，西班牙的圣诞节一直都很平静，并不是我想象中的模样。每到这一天，家家户户都关起门来，和一周之后的新年狂欢形成巨大的反差。或许，人们只是需要一份安宁来陪伴最重要的家人，共享天伦之乐。

早些年，一些人在进行跨文化对比的时候常常指出，西方人生来独立，不重视亲情，家庭观念淡漠。这一点得到了很多认可，甚至是宣扬。其实，现实并不完全是这样。

前几天，在家门口的公交车站偶遇一位年过半百的老先生，他伫立于寒风中四下观望。过了一会儿，从街道另一边跑来一个年轻女子，当着众人大喊一声"Papá"，扑上去就是一个温暖的拥抱，然后牵着老人的手幸福地上了车。那一刻，我突然想起，自从成年以后，好像就从未在公共场合喊过爸爸了。

参观埃斯科里亚尔修道院的时候，看到墙壁上挂着几百年前精心绘制的家族树，一宗一亲都可以追溯到几百年前的各个支系，突然想起，在中国，一些忙碌的城里人已经记不得自己家族三代以上的名字。看到这里很多年轻帅哥推着婴儿车，胸前挂着婴儿，背包里塞着奶瓶，习以为常地跟在妻子身后逛街，突然想起，国内的好多娃娃好像都是爷爷奶奶、妈妈、保姆带……

欧洲人的家庭观念或许有自己独特的表达方式，而应该属于家庭的节日，就绝不是公众的狂欢。如果说回家是履行对亲人的责任，那在圣诞节回家，则更是以信仰之名履行这份责任。当我们的交流对象是人的时候，所有的行为都是世俗生活；当我们的交流对象是神的时候，所有的行为更像是象征仪式。

我们的系主任早就计划回到她在北部的庄园去探望孩子，导师早就在家里制作好了圣诞树，商店早就打烊……家家户户的壁炉烧得又红又旺，家人们平时各自忙碌，现在都围坐在餐桌旁，在对基督的赞美中，庄严虔诚地祷告，再道一声祝福，传递给身边的人。

节日，对于有些人来说是传统和习惯，对于有些人来说是信仰和寄托，对于有些人来说是假期和商机。西方的圣诞节平静安详，东方的圣诞节喧哗亢奋。值得玩味的是，好多炎黄子孙连苹果是"平安之果"还是"欲望之果"都没有分清楚，连天主教和基督教哪个拜耶稣哪个拜上帝都还没弄明白，就已经煞有介事地庆祝起了外国人的节日，模仿他们做祷告，学习他们送礼物，不亦乐乎……

而我们的春节以及诸多传统节日的风俗习惯已经流传千年，却并没有成为西方年轻人的精神寄托和模仿对象。

我突然想起，好几年前，为了完成毕业论文，我去哈瓦那采访一个七十多岁的电影专家。他的房子非常狭窄，屋内设施非常简陋，主人翻了好半天，拿出花花绿绿的铁罐子，里面是各种各样的中国茶。

我不禁有些恍惚，要知道，这是一个受到制裁几十年，物资紧缺到有时连纯净水和卫生纸都成问题的国度。老人如数家珍地向我介绍："这是祁门红茶，这是铁观音，这是碧螺春，这是普洱……"然后，十分骄傲地烧好水、泡好茶来和我分享。

烟雾缭绕之间，老头眯起眼睛抿了一口茶，呼出一团热气，满脸幸福地说："我喜欢你们的茶，一喝到普洱，就可以联想到茶马古道上踏着铃声在云雾间穿梭的马帮；一喝到铁观音，就能想到福建一带娇小柔美的女子扎着花布头巾带着大斗笠在田野间劳作……"

他一辈子未曾有机会到过中国，我也不知道他究竟费了多少工夫，从哪里搜集来这些茶叶，然而，他说的关于茶乡的这一切，感觉是那么形象，连我也仿佛身临其境。

当一个落后文明征服先进文明的时候，最容易吸收的是他的生活方式，最难学习的是生产方式。纵观古今，金兵元骑沉迷于江南风月，满蒙八旗堕落为纨绔子弟……当我们今天看到欧洲的教堂里灯火辉煌时，不应该忽略当年麦哲伦船队驰骋万里，终于落魄归来，幸存的水手在这里点亮蜡烛悼念牺牲的船长和伙伴的那份悲壮。当我们今天看到纽约的街道上车水马龙，不应该忘记新教徒从"五月花"号上下来，在新大陆的土地上费尽心思地刨土豆种南瓜的那份清苦与窘迫。

没有哪里的月亮更圆。希望有一天，大家都能承认，国内外的月亮一样圆。

夏天的雨和梦魇

马德里下雨了，尽管在炎热的夏天这里通常是干燥少雨的。

深夜，潮湿的空气夹杂着飘飞的水滴，轻盈地跨过窗棂，洒落满地，发出嘀嗒的声响，就这样轻轻将我唤醒。远处的城市已沉沉睡去，守夜的路灯泛起昏黄的光晕，摇曳闪烁，连成一片。这种雨夜真的适合睡觉，但仿佛又是我无法逃避的梦魇。

离开家乡快十年了，每一次回国的时间都是夏天。在我的记忆中，印象最深刻的是深夜坐着车穿过空无一人的街道，那些夜里也总是会飘一点点小雨。车轮滑过积水路面的声音，阖门闭户的商铺和住宅，独自闪烁的霓虹和信号灯，烟雾里若隐若现的饮食摊，构成了故乡独特的风景。

我深爱着故土，哪怕她已经变得陌生和遥远。那里不仅有全世界人民熟知的可爱熊猫、诗圣杜甫、三国武侯，还有吃不完的美食，看不够的美女，数不清的耙耳朵……一切的一切，承载着各种各样的赞美之词。

蜀道难，崇山峻岭中唯一的一块平原，在都江堰的千年滋润下，真的是水旱从人，不知饥馑，所以，不知道是不是地理环境决定了"天府之国"天然就是一个与世无争的世外桃源，土生土长的成都人就像熊猫一样，没有了天敌的侵扰，也就不需要急促和狰狞地求生，一杯盖碗茶，一副麻将，一笼鸟，在府河边、白果林、望江楼上逍遥，便是神仙般的生活。就是这宽松自由的生活环境，就是这几百年不变的生活方式，默默无闻地庇佑了逃难的大唐天子，支撑了角逐天下的皇叔和丞相，担起了危难来临时的大后方。

家乡的样子，应该是"窗含西岭千秋雪，门泊东吴万里船"那般祥和；家乡的性子，应该是"随风潜入夜，润物细无声"那般温润。所以，我总是怀念着小时候的家乡，怀念凝固在历史里的旧时光，怀念那些老人、老店、老地方。怀念青石桥路口老瓦房后面五毛一碗的荞面、锅盔、糖油果子三大炮；怀念文庙后街石室门口五毛钱一只的蛋烘糕；怀念和父亲一起去逛青年路夜市，在地摊上选小人书；怀念全家人一起去大业路的"好又多"捡便宜；怀念老师带着大家去南郊公园秋游，在湖上划天鹅船；怀念在春熙路吃耀华西餐；怀念坐电梯上到蜀都大厦楼顶的旋转餐厅，俯瞰城市的夜景；怀念十五频道的五彩路、李伯伯的散打评书；怀念大学路的网吧、双楠的袁记、玉林的冷淡杯……

我不喜欢夏天的夜雨，它对于我来说太过悲伤，像是怨妇无休止地哭泣，让人心烦意乱。当家乡的雨季开始的时候，我就要回来了；当家乡的雨季结束的时候，我就要离开了。我像是一个被命运摆布的玩偶，反反复复上演这一幕，已经厌烦，已经疲惫。

哈瓦那的雨豪放而短暂，转瞬之间，黑云蔽日，倾盆如注，一通歇斯底里的宣泄以后，雨过天晴，鸟语花香；里斯本的雨夹杂着大海的气味，让人忍不住想起那些从大陆的尽头出发、在风口浪尖搏斗的冒险家；萨尔茨堡的雨温柔婉转，好似莫扎特的小夜曲沁人心脾；佛罗伦萨的雨冰凉凄冷又优雅唯美，就像汉尼拔·莱克特在旧宫广场前吊死帕奇督查时戏谑的嗓音；布达佩斯的雨深沉肃穆，以链子桥为界划破天际，仿佛铁幕缓

缓落下······

我想，我还是适合非洲，适合加纳利那种艳阳高照、没心没肺的小岛。

流浪者不喜欢做流浪者，因为下雨的地方告诉他，这里有赏雨之人，却没有你的归属。流浪者不喜欢雨，因为潮湿、泥泞和寒冷会阻拦住前进的脚步，会让人想寻觅一个避难所、安乐窝——可当一个人开始眷恋温暖的炉火和爱人的胸膛时，他就再也走不远了。

那么，走那么远，究竟图个什么？

大概是一定得找到那个在夏夜里不会幽怨地下雨的乐土，然后安稳地住下去。

抑或遇到一个灵魂契合的赏雨之人，温一壶月光作酒，开怀对饮。

不想拉风琴的老师不是好作家

还记得小时候，父亲常说，每个人的梦想就像是肥皂泡，刚开始有一大堆，随着年龄的增长，会一个一个破灭，年龄越大，你能抓住的就越是有限。然后呢？然后大概就会引申出一个寓意，少壮要努力，否则老大徒伤悲。这话显然是对的，但是，这只是努力不努力的问题么？

坐上父亲的凤凰自行车去幼儿园，父亲看见我用手在车把上"弹钢琴"，于是萌生了陶冶下小儿情操的念头，送我学手风琴。在我看来，这台手风琴来到家里是理所应当的，甚至还抱怨为什么不是一台高贵优雅的钢琴，殊不知这也是父亲精心斡旋之后的结果。他年轻时想学小提琴，自己打零工买了一把琴，到处厚着脸皮拜师学艺，但没有熟人引荐，拜不了师，自己摸索着拉了好半天还是"锯床腿"，只能羡慕在军乐团的朋友，眼巴巴看着他们表演。而二十世纪八九十年代的时候，钢琴并不便宜，一般的家庭还消费不起。最终，几经辗转他才找到了在剧团工作的老友做我的师傅，又借来一台手风琴。

现在回想起来都觉得惊讶，运动神经向来不发达且还处在什么都不懂的小屁孩时期的我，在父亲的调教下，居然能够一手按键盘一手点贝斯，演奏出一些复杂的乐曲。夏练三伏，冬练三九，每当小伙伴们在院子里玩得欢的时候，我就在家里练琴，当然也少不了跟着师傅参加各种演出的机会。然而，小时候太贪玩，太不懂事，不懂得父亲为我创造学琴条件的艰辛，磕磕绊绊地拉到了三年级，因为班主任在家长会上说，拉琴没用，考试得100分才有用，于是，刚刚考完风琴五级，我就放弃了。

还记得那一天开完家长会回来，父亲很认真地问我是不是真的要放弃，我也不知道怎么就点了头。现在回想起来，老爷子当时的心肯定在滴血，可我却是一脸白痴相。多年之后，当我听到探戈乐曲，才明白风琴——这种神奇的乐器不只能演绎样板戏和苏联歌曲，还是欧陆小资和拉美风情的代表，彼时真是后悔莫及。

人的一辈子很短，年富力强、头脑清醒的时光宝贵，转瞬即逝，年轻的时候，似乎应该多走走，多看看，体验一下不同的生活，做出点"取悦"众生的贡献。当然，也要讨一份公平的回报，"取悦"自己。如今，看到自己发表越来越多的文章，收到越来越多的约稿，慢慢明白，只要你勇敢坚持，不言放弃，你的一生总会有价值的。只要你坚持把自己热爱并擅长的事情做好，总会有人欣赏你。

在外流浪的旅途中，见识了很多人，很多精彩的活法——为巴塞罗那圣家堂修复圣母玫瑰门廊的日本雕刻师外尾悦郎，帮助奥迪车队夺冠的女工程师丽娜·盖德，澳大利亚的守礁，在火山岛上种葡萄的酿酒师，挑战南极的教授，吃遍世界的厨师，加勒比海上的船长……世界是那么大，有那么多职业，原来人的一辈子可以如此精彩纷呈，如此与众不同。

我常常在想，如果有一天，我有了孩子，我不会逼他成为任何理想的模样，不会要求他一定要学一个大众都觉得"靠谱"的专业，找一份"稳定"的工作……我会告诉他，做自己所爱，想自己所想，去见识那些"炫酷"的职业，去看遍世间的形形色色。正是——浮生若梦，岁月流金。

冬去

没有什么节律能够精准得过大自然的脉动。这些天气温稍稍有些转暖，冷风依然刺骨，可楼下、街边、山上的杏花、梨花就已经绽开了一大片，花盆里黝黑的泥土中，也冒出了几点新绿。

还记得《雍正王朝》里，康熙皇帝厌倦了夺嫡之争，抱着孙子弘历在畅春园修身养性，每天在屏风上写一个字。一个冬天过去，正好写完一首词，好不惬意。

小时候，家乡的冬天是寒冷的，然而却没有空调和暖气，早上很不想从暖热的被窝里爬出来。那时候，父亲会坐在床头，为我套上衣服，一层一层，把内衣掖在内裤里，然后把毛衣掖在裤子里，再用带有弹性的袜脖子勒紧裤脚，把我包裹得严严实实……

　　我生长在南方，很少见到雪。还记得小时候，每逢过年，全家聚在外公的老院子里，大人们忙着搓麻将、做饭，大哥拿出零花钱，带着大家去买刚上市的白萝卜，送到后厨切成薄片，然后偷偷搞来几支"萝卜枪"。兄弟们像集合的士兵看到长官一样规规矩矩，抬头挺胸，排好队领"枪"，然后每人分到几片萝卜。

　　"武器"操作几乎不需要培训——用大拇指扳一下击锤，然后拿枪管往萝卜片上一戳，再瞄准目标，猛扣扳机，一颗橡皮头大小的白萝卜"弹丸"就脱膛而去，近距离打在身上不免令人生疼。

　　于是，院子就成了孩子们的战场，老树、水缸、簸箕都成了掩体，孩子们玩得不亦乐乎，开两枪，还啃两口萝卜，生的白萝卜脆而多汁，几丝淡淡的辛辣后，略微回甜，十分提神。保姆姚婆婆跟在我们屁股后面，小心翼翼地把大家遗落的萝卜碎片捡起来，心疼地嘟哝："别浪费了，别浪费了……"

　　作为年龄最小的孩子，我被划归到跟屁虫的行列，于是拿着一个一头钉着铁钉的木块充作步话机，跟在兄长们后面吼叫，时不时地挨上两发"流弹"。

当我到了能够"开枪"的年龄，兄长们已经长大成人，各奔天涯，外公的老宅院也被拆了。搬进高楼大厦没几年后，某个冬天，家乡下雪了，那是我第一次看到雪，轻轻飘过，银白的一层，悄悄铺在地上，屋檐上，灌木上……我们都不敢相信真的下雪了，一眨眼，水泥森林变成了童话世界。尽管洁白的雪花落到地面，沾上了泥水，变成了硬邦邦的冰，再化成乌黑的水，然而孩子们还是掩饰不住兴奋，拿出锅碗瓢盆，在花园里、空地上乱跑，希望多接一点，好堆个大雪人。

再后来，我就去了一个四季温暖炎热、永远没有雪的地方，一去就是五年。刚走的那一年，她告诉我，家乡下了很大的雪，只可惜，当时我们都不知道，我们再也没有机会一起看雪了。也是那一年，外公也在冬天就要结束时溘然长眠。

几经辗转，漂泊流浪，我已经在国外生活了十年了。还依稀记得，十年前的今天，家乡特别冷，我告别心爱的人，一个人背上行囊，飞向地球的另一端。五年前的今天，刚刚踏上欧洲的土地，我下课后坐着公交车回家，看见天空中飘起了鹅毛般的雪片。几个伙伴合租在一个小公寓里，抱团取暖，买菜做饭，复习考试……如今，大家也各奔前程。

每一个冬天，当远处的山麓上被白色覆盖，大家就一定会结伴而行，挑战雪峰。我一直希望不借助交通工具，徒步爬上佩尼亚拉拉的山顶等太阳落山，眺望远处的塞戈维亚。然而，过去的每一次，不是迷失方向就是准备不足，总是半途而废。于是，这希望就化作了心中对冬天意犹未尽的挂念。

最近，总感觉时间过得越来越快了，有些人明明只认识了几天，却仿佛已经相处了一辈子，有些事明明好像才刚开始在昨天，今天却就要结束。仿佛有只看不见的手调快了钟表，推着我们飞一样地向前。

我甚至有些害怕，如今这般不求富贵闻达、但图平静安详的生活，有一天就这样走向终点，而那些与我相伴的人，不得不分离四散。

突然就好想写点什么，因为生老病死，轮回不息，美好，伤痛，遗憾，满足……没有什么是永恒的。

短短的一生，好像还不够我活明白，只有这只言片语，能够证明我曾经来过，曾经热爱过这个虽不完美却充满上天惊艳馈赠的世界。

冬去，春来。

第五章　远方的孩子

多少人汲汲一生，就是为了寻找那从小就根植于灵魂深处的朴实无华，原汁原味。同时也靠着它令自己化繁为简，返璞归真。

人间烟火

　　小时候，学校离家不远。上学路上，总要经过一座农贸市场。这市场就像一块带有魔力的巨大磁铁，牢牢吸附住各种美食摊贩，也吸引来揣着几块零花钱不吃点东西就不解馋的我和小伙伴们。

　　刚刚起锅的"糖油果子"泛着红润的光泽，沾一点白色的芝麻粒，被竹签子串在一起，安置在玻璃橱窗后面，吸引着大伙的目光；做"三大炮"的师傅把糯米团子重重地抛向斜靠在案板上的竹簸箕，发出砰砰砰三声闷响，滚落下来后，沾满了芝麻、黄豆粉的"炮弹"被淋上浓稠带泡的红糖汁，令人垂涎欲滴；蜂窝煤炉灶上顶着铝盆儿，熬着老汤，烹煮着香辣扑鼻的肥肠粉、冒菜和麻辣烫；挑着扁担的小贩掀开红黑相间的木桶盖子，里面是丰富的调料和鲜嫩的豆花……

这其中最吸引我的，当属街口黑瓦老屋下那家荞面店。

厅堂狭窄而拥挤，梁柱歪歪斜斜，墙壁被熏得发黑，可客人还是络绎不绝，哪怕只有半个屁股能沾到板凳，也要围着矮桌，端起土碗，大快朵颐一番。

"老板，二两荞面，多放点笋子！"秦胖子进门就朝着厨房大喊，就像在自家一样。他总是特别大方，常常一放学就请我们来这里分享他的最爱。

门口有一个砖头砌成的大灶，上面放着一口大黑锅。雪白的面汤在锅里翻滚冒泡，热气腾腾。一支木杠杆从灶台旁的支架延伸到热锅上方，小工把荞面团填压进这杠杆一头的金属漏斗，然后使出全身力气按压另一头，纤细的面条就被挤了出来，掉进沉在面汤中的篾勺里，只需片刻面就被烫熟了。

接着，小工颠起漏勺，用一双超长的木筷把它夹出来，扔到碗中。上桌前，端起碗，舀一勺卤子盖在面上。只见那牛肉、笋子、芹菜颗粒分明，混着郫县豆瓣和数不清的调料铺满一大碗，上面还点缀着油光闪闪的辣子，满足感油然而生。

呼呼地吸着面，面条入口即化，牛肉筋道弹牙，笋子酸爽脆嫩，连那汤汁都可圈可点，不该被浪费。吃完面，仰着脖子扫光汤汁，拍拍肚皮抹抹嘴，把两块钱拍在桌上，扬长而去，那感觉，真叫一个潇洒！

还记得桌上的熟油辣子总是免费的，因此，我老喜欢带着占便宜的心理舀一大勺放在碗里，最后把自己辣得七窍生烟。秦胖子常常在旁边摇头叹气："瓜娃子，这样你就只感觉得到辣，其他味道都被掩盖了！"

读高中的时候，校门外有个老爷爷推着小车卖蛋烘糕。听说他子女不孝，老伴卧病在床，每天就靠着这小摊维持生计。一到放学的时候，他都会风雨无阻地站在人行道旁的一棵法桐树下，而同学们也一定会蜂拥而至，很快就排成一条长队。

老人家不慌不忙、小心翼翼地揭开铜锅盖，舀一勺特制的坯液，均匀地铺在上面，再盖上盖子烘烤，然后搓搓手，抬头看看橱窗前的学生。

"我要芝麻糖！"

"两个肉松！"

"五个榨菜！"

"蓝莓酱多放点！"

大家捏着零钱，垫着脚尖，迫不及待。

"好好好，不要急，不要急，一个一个地来……"老爷爷拧开瓶盖，拿勺子舀出馅料，再揭开锅盖，把馅料均匀地撒在面饼正中，抄起小铲轻挑饼底，沿着中线一叠，正好就包成了扇面的形状，再盖上焖一会儿，接着，一只金黄酥软、香气扑鼻、热气腾腾的蛋烘糕就大功告成。

排在前面的同学拿着小片牛皮纸包起这绝世美味，一口咬下去，脸上泛起幸福的红晕。这些有幸赶早的家伙一面津津有味地咀嚼，一面像欣赏大师作画般迎接新的蛋烘糕诞生，时不时还指挥："多加点辣子，多加点辣子！"而排在后面的人纵然是捏着百元大钞，也只得一脸郁闷，老老实实地等待。

我读书的时候，难得有机会去买蛋烘糕，好不容易零花钱、时间、机会都凑齐了，挤得头破血流买来两三个，常常都舍不得吃，吃起来又囫囵吞枣，总感觉每次都像猪八戒吃人参果——还没品出味道就下了肚。

工作以后，有一次开车经过学校，突然看见摆摊的小贩正在预热炉灶，准备迎接即将放学的孩子们。我突发奇想，靠边停车，兴致勃勃地走上前去，把各种口味都订了一个，然后拎着袋子心满意足地回家了。

幸福来得太突然，我泡在一堆蛋烘糕里，就像一个饥渴了多年的单身汉掉进了美人堆。"终于可以想怎么吃，就怎么吃啦！"我一面兴奋地挑开塑料袋，一面仰天大笑。然而，狼吞虎咽过后，发现除了油腻、饱胀，只剩下乏味，小时候那由饥饿带来的无尽的满足感早已荡然无存。

第一次出国时，走得特别仓促，一面忙着走家串户，告别亲朋好友，一面要采购各种物件。由于对外面的世界还不了解，总是抱着有备无患的心理，恨不得把家都搬走。父亲执意要开着车，陪着我四处奔忙采购。而老一辈人节俭成了习惯，就连一瓶风油精、一个插线板都要和店家讨价还价。哪怕只节约了几块钱，都会像打了胜仗的将军一样骄傲。

中午，肚子饿了，一向木讷寡言的他开口问我："你想吃什么？爸请你。"

正好，路边有家"都汤饭"饭馆。

土鸡熬汤，金黄鲜香，白豌豆被炖得软烂化渣，浓稠的汤汁盖在雪白的米饭上，热气腾腾，几粒葱花更有画龙点睛的意味。席间父子俩也没什么过多的话语，只听得见呼噜吞咽的声响。虽然后来也遇到过很多山珍美味，但每当在异国他乡回想起寒冬里的这碗汤饭，一股暖意就会充满心田。

出国没有几年，外婆就去世了。终于盼到了假期回国，母亲说，作为深受疼爱的小辈，一定要去老人家墓前祭拜。于是选了个好日子，全家几十口人驱车前往郊外的陵园。

祭拜流程中规中矩，不少长辈在墓前还掉了眼泪，作为常年在外、没有陪伴外公外婆最后一程的幺孙，我始终是歉疚的。于是，那个上午的气氛尴尬，凝重。

从山上下来，已是中午，老老小小都没有直接回家，大哥带队，驶往山下小村里的一户农家。

这里住着姚婆婆，早年就是家中的保姆，看着父辈们长大，过去一直和大家住在一起，子女们也把她当作亲人看待。外公外婆去世后，老屋空了，她才搬回农村里。"家有一老，如有一宝"，每次祭拜过后，大家都要顺路去看望山下的姚婆婆。

上午扫墓还是凝重的，但是到达姚婆婆家，整个气氛就变了。

在一条狭窄的乡间小道的旁边，有一个小院子，晒着辣椒、玉米，院子里有几排小瓦房，院子后面隔着一条排水沟就是绿油油的农田。这简直和孟浩然的诗歌里描写的一模一样——"绿树村边合，青山郭外斜。开轩面场圃，把酒话桑麻。"

对于从小就"四体不勤、五谷不分"的城里孩子来说，我真的很少体验农村生活。这场面相当不赖，比我那灰尘弥漫的公寓清新、舒爽千万倍。而真正惊艳到我的，则是一顿正宗农家饭：

现杀的土鸡，市场上刚买的五花肉，小贩骑摩托车送来的鲜鱼，还有田里摘的蔬菜，样样原生态。大土灶上升起半人高的明火，火苗舔舐着生铁锅，每样菜品都带着香气。鲜香细嫩的剁椒鱼头，入口即化的粉蒸肉，麻辣爽滑的麻婆豆腐，现磨的石磨豆花，醋熘莲花白，干煸苦瓜，油炝豌豆尖，白花花的发面馒头，用木笼屉蒸的白米饭……

一家人大啖美味，大黄狗就在脚边打转。

我不知道应当如何形容，如何比较。只记得那顿农家饭非常朴实，没有任何浮华的修饰，大家却都舍不得放筷子，每盘菜都被一扫而空，连瓦罐里的剁椒豆瓣都用来蘸馒头——一家子仿佛又想起了十余年前逢年过节在大院子里打牙祭时的场景，某种根植于记忆深处的感动被唤醒。

人间烟火，不可名状，难寻于庙堂之上，只藏在市井乡野。

多少人汲汲一生，就是为了寻找那从小就根植于灵魂深处的朴实无华，原汁原味。同时也靠着它令自己化繁为简，返璞归真。

妈妈做的饭

我出生在一个人口众多的大家庭。

在条件比较艰苦的年代，一个家庭中所有子女都要担起一份支撑和维系家庭的责任。舅舅姨妈们有的外出去很远的地方挣钱，有的下乡做了知青，年纪比较小的母亲负责料理家务，买菜做饭。

长辈们经常对我讲："那时候，你母亲还不够灶台高。有一次，伸手够不着菜油，就把瓶子打翻了。在什么都要凭票供应的年代，打翻一瓶油可不是小事，饭菜本来就寡淡，全家人还得被迫吃水煮菜，想起来就可怕。所以，她吓坏了，居然要离家出走。"

外婆走街串巷，终于把母亲找了回来。虽然生活条件十分艰苦，但还是安慰母亲："菜油打翻了就打翻了吧，东西没了就没了吧，只要全家都在，人都好，那就没事。"

虽然经历了不少曲折坎坷，一家人还是熬了过来。然后，小辈们各自成家立业，生儿育女，都过得还好，并形成了一个传统——每到周末，都要在外婆家聚餐。

在我儿时的印象里，每一次家庭聚餐都是饕餮盛宴，女人们一面唠嗑，一面摘菜、洗菜、下锅、上桌，外婆家并不太大的屋子里热闹非凡，香气四溢。而这其中，母亲做的菜是我觉得最好吃的。

我小时候胃口差，身体弱。为了照顾我，母亲下班后要颠簸一个小时才到家，却还是不顾疲劳去市场上挑一条新鲜鲫鱼。开膛破肚，洗净去鳞。先把葱节、姜片、蒜末撒进油锅里爆香，再把鱼炸至两面金黄，转而盛进砂锅，加入高汤，用小火煨煮，最后混合米饭煲得滑滑濡濡的，再撒上盐和葱花起锅。

贪玩的我和小伙伴们满院子疯跑，母亲就端着碗在后面追赶，终于撵上了，就连哄带骗地喂我吃一口。

为了不让鱼刺卡破喉咙，喂之前她要先舀起一勺，把鱼刺剔掉，再吹一吹，身旁的小伙伴总是咽着唾沫不无羡慕地说："你好享福呀！"

那时候我总是不以为然——这不就是家常便饭么？

亲戚家的孩子出远门，无论是坐飞机，还是赶火车，无论箱子里还能否装得下，母亲总会要他们带上自己亲手做的泡菜。不管哥哥姐姐们是否情愿，她总坚持把瓶瓶罐罐往别人手上塞，有时弄得大家都挺尴尬——拒绝吧，对长辈不敬；接受吧，路上拖着沉重的行李碍手碍脚。尤其是刚要去大城市念书的年轻人，心里正向往着洋快餐、大排档，不免觉得这些土特产不上台面。

没想到，我第一次出国就走得很远——坐飞机穿过欧亚大陆，再跨越大西洋。

这次出门时，轮到母亲给我塞泡菜了。初次离家，满是憧憬和兴奋，一想到自己马上就要张开翅膀自由飞翔，就激动非常，觉得这些东西又重又难照看，很累赘，硬是把它们从箱子里取了出来。

到了那个盛产甘蔗和朗姆酒的国度，才知道人们恨不得吃米饭都拌果酱，物资匮乏，口味单调。来自于天府之国，从小口味重的我，哪里受得了这个罪。最开始，拿学校餐厅按量配给的甜酸酱拌菜吃，一个威士忌酒杯大小的酱罐，一顿饭就被我席卷了半瓶。再到后来，大概是学校吃不消我们这样浪费了，改发胡椒和盐巴，于是我就猛放胡椒。最后，连胡椒也短缺了，就盯上了唯一的盐罐子，那可是海盐，颗粒有豌豆那么大……

终于，国内的家人纷纷寄来包裹，母亲不知从哪里得到了消息，生怕我吃不好，也赶忙给我寄了一个包裹。

当时我们住在乡村，取件要专门排号，再搭车进城。那天，赶了一小时路，排了一小时队，终于等到了我的包裹。我把它抱上车，一个人在车厢后面打开纸箱，里面全是吃的——有小时候母亲不允许我吃的零食，有她自己学着做的牛肉豆豉酱，被塑料袋密封包扎得严严实实，撕开一条缝，香气逼人。

我一直认为自己还算独立，然而，当时趴在箱子上，却忍不住热泪盈眶。

母亲知道我喜欢吃辣，而古巴又没有辣椒，于是从市场上买来新鲜的二荆条辣椒，晒干、去把儿、翻炒，混合芝麻一起打成粉末。每次打辣椒面的时候，她总是被呛得眼泪直流。一大瓶辣椒面用熟油泼了以后罐存，就餐时放一小勺，感觉不只是饭菜有了味道，整个一天的生活都是麻辣鲜香的。一罐辣椒面够吃小半年，当我打开盖子，看见里面还有"存货"，就感觉生活还有奔头。等到要见底了，就知道自己快要回家了，于是生活又有了盼头。

每年假期回国，母亲都会学着菜谱，或者向别人讨教经验，自己研制牛肉酱、辣椒酱、肉松、芝麻盐……她总说外面卖的不知道用了什么原料，不健康，不放心。

终于，从古巴归来。上班了，住在教师宿舍，不想做饭，就常常一个人在学校外面的小市场和学校里面的食堂随便糊口。期末的时候，事情突然多了起来，要写评学方案，出试卷考题，备课，写教学总结，只有把活儿拿回家做。

返校的时候，妈妈塞给我一个饭盒，我推辞道："你吃吧，学校有食堂。"结果，她还是悄悄地把饭盒塞进我包里。就在那天，下班很晚，外面街市上人山人海，食堂里又只剩下残汤剩水，我失落地回到宿舍，突然想起包里还有一盒饭！打起精神摸出来，掀开盖子，发现饭盒里整整齐齐码好的菜和肉，盖着雪白的米饭，居然还是温热的！

我总认为自己一个人漂惯了，心肠挺硬，但是，当时我真的是眼泪在眼眶里打转，心里就一个声音——"这个世界上再没有任何一个人比妈妈好！"

刚毕业时，生活很清苦，老对母亲说："你手艺那么好，要是我们开家餐馆，早就发财了，何苦如此受穷？"

母亲回答："我的钱够用就行，不求富贵，但求安心。"

我抱怨说："但是我不够啊！"

于是她斥责说："你的钱够你一生用度就行，不要贪得无厌！"

我分明记得，母亲是不支持我追名逐利的，但每当我事业或学业遇到重大挫折时，每当我倍受打击，自暴自弃时，母亲又说："怕什么，万不得已，我陪你去租个铺子卖盒饭，照样活得下去！"

再后来，我又出国进修了。这次，我到了发达国家，物流便利，勤劳的江浙移民几乎可以帮你搞到这个星球上任意一个国家生产的任何一种产品。所以，妈妈其实再也不用担心我会吃不好饭了。然而，她并不快乐，因为她再也无法通过那一份份浸透着关爱的自制食物来表达对儿子的牵挂了。

假期回国，我突然发现母亲有时候做菜淡，有时候做菜咸。她平静地说，味觉退化了。那一刻，我第一次发现——父母亲是会老的，而我陪伴他们，和他们一起吃一顿饭，或者亲自给他们做一顿饭的时间竟然是那么的有限。而当我回家了，稳定了，有出息了，能请他们吃上山珍海味的时候，他们恐怕已经不在乎那些珍馐奇味了。

世界上最好吃的菜，是任何时候，无论你得意失意，成功失败，富有贫穷，回到家，走进门，永远在餐桌上等待着你，期待全家人团聚的妈妈做的菜。

远方的孩子

初到古巴，这个加勒比岛国已遭受封锁和制裁多年，人们的一日三餐都得服从配给制。首都哈瓦那的街头虽然人来人往、车水马龙，表面上未露明显萧条窘困的迹象，可每当走进商店或菜市场，不难发现，可供选择的食材乏善可陈，本国的农产品十分有限，而进口商品的价格常年居高不下，迫切等待购物的普通市民紧拽着供应卡和"土比索"，排起老长的队伍，往往就为了能按时割好小半块熏肉，捡回一麻袋菜豆。

坊间流传着这样一个故事。从欧洲流传过来的可乐饼算是老少皆宜的美食，通常是用火腿、奶酪、鸡肉、土豆、洋葱碎末等馅料按照一定比例搭配，混合着面浆炸成条状，表皮酥脆金黄，内馅柔滑鲜香。然而，在困难年月里，随着物资日益短缺，可用于馅料的食材越来越紧张，于是搭配比例开始失调。刚开始，馅料里的肉类被蔬菜取代，虽然说荤腥不足，至少还算保留了口味的丰富性，多少留存了一些层次感。再到后来，竟然连蔬菜也不够了，最直接的体现是面粉含量越来越大，要是再稍微发发面，恐怕就变成油条了。

好在古巴教育部对我们这些"友谊的结晶，未来的花朵"格外关怀，老百姓们勒紧了裤腰带，时常遭遇物资短缺，甚至要依赖黑市周转，即便如此，却愣是从牙缝中挤出成批的鸡蛋、牛奶、大米、豆类、冻鱼、鲜肉、家禽、水果、蔬菜，还有各种进口饮料和零食，定时送到学校。

铁皮驾驶舱和木质货箱被涂成蓝色，圆鼓鼓的车鼻正面刷着乳白色油漆，名噪一时的"吉尔大卡"完全没有了苏制军用载重货车的威严，倒活像个马戏团的亲切可爱的小丑，而牵着拖斗的红色拖拉机更像是驮着礼物袋、笑容可掬的圣诞老人。它们就这样满载物资，沿着铺满红土的乡间小道奔驰跋涉。

在那些不下雨的旱季里，摸着叽咕作响的肚皮，站在教学楼二层阳台上极目远眺，隔着老远的距离，看到一望无垠的雪茄田的尽头飘起一片扬尘，我们就知道——补给到了。那时的心情，虽不至于像非洲小朋友迎接联合国人道主义援助物资那般急切和欣喜，却也多了几分安稳和愉悦，希望和期盼，就算是对枯燥乏味的异国求学生活的一丝调剂。

皮肤黝黑、身体壮硕、双目有神的司机从驾驶舱跳下来，老旧的军用皮靴踏在仓库外的水泥地面，发出哗啦的声响。他重重地带上车门，然后跑到屋檐下太阳晒不到的地方抽烟、唠嗑去了。灰白色的烟圈袅袅升起，在东部比那尔得里奥雾气笼罩的山涧和峡谷里生长的茄叶味道浓烈，即便是切碎了卷成散烟，那独特的气味也十分明显，时而像奶油椰果，时而像碳烤咖啡。

要知道，这些嘴里叼着烟卷，看上去平凡无奇，已然发福的大叔们，其实有不少都曾经在安哥拉的枪林弹雨里开着坦克和装甲车驰骋疆场。更有许多年轻的生命留在了异国的土地上。如今能够为我们服务的大叔们，性格多是简单粗犷里透着细腻温和。

被学生们养肥了的大黄狗也跑来凑热闹，在人群里灵活地穿梭，拼命地摇着尾巴，希望能分得一杯羹。仓库管理员拿着登记簿跑过来，安排伙计们清点货物，十七八岁的炊事班小光头机灵得像个猴，摘下帽子，戴上袖套，一溜烟就爬上货仓，把码放得整整齐齐的柳条箱搬下来，那里面常常是新鲜的番石榴、木瓜、鸡蛋，还有各种各样的罐头。

角落里，散落着一袋袋橙子、土豆、卷心菜、胡萝卜、玉米、黑豆……如同金银财宝被藏进山洞一般，它们被有序地搬进餐厅后面的大仓库，由专人负责严加看管，定量供给。

当然，时常也会遇到打雷下雨、道路阻塞、卡车损坏、司机生病等意外，补给不能准点到达，头发花白的老校长就赶忙安排手下去附近集市和周边单位寻求接济，也可以勉强应付一阵子。

大家最害怕的情况只有一种——飓风来临，瓢泼大雨恨不得把这个加勒比小岛摁沉到大海里去。人们只得整日躲在屋檐下，看着由远及近的一波又一波的水幕，寸步难行。每到这个时候，我们就知道，连续吃一个星期的煎鸡蛋、炒鸡蛋、煮鸡蛋，搭配糙米饭已成定局。

即便在风调雨顺的日子里，每到就餐时刻，从食堂大门到配餐柜台，也总是排着老长的队，可只有到跟前才知道当天发放什么。食谱都是雷打不动的固定搭配，菜式屈指可数，乏善可陈，以至于我们竟可以凭感觉总结出一套"食物周期表"来。

七月，整个国家都被狂欢节的欢乐气氛所笼罩，即便是学校驻地所在的田间种植园也不例外。工人们在操场的角落忙碌了一周，他们平整土地，然后用白色石块铺平地面，并且在上面垒砌起一个圆台。最初，大家并不在意，然而，几天过去，一个巨大的"原生态烤炉"横空出世。在一个天气晴朗的周末，大家得到通知，来自于小镇上的大厨要为大家献上古巴名菜——"烤全猪"。

柴火被点燃，隔着老远就能看见缕缕青烟，师生们聚集在操场上，围观一整只皮肤滑嫩的乳猪被涂满牛油、迷迭香、蒜蓉。腌制过后，厨师拿起一人高的铁叉，把它送进焗炉。人们围着炉台载歌载舞，仿佛印第安部族正在举行祭拜神灵的仪式。伴随着噼噼啪啪的声响，炭火慢慢把猪皮烤成橘黄色，随即油脂析出，皮下脂肪变成半融化状态，令人垂涎欲滴的肉香也开始在整个校园弥漫。

大厨把烤好的乳猪码放在案板上，挤上柠檬汁，再用尖刀将它切成薄片。大家把圆面包掰成两半，排队领取猪肉，最后，每人都可以分到一大份。

那肥美软嫩的肉，搭配香酥化渣的皮，以及厚重的油脂，全被塞在面包里，再撒上一点海盐、胡椒，瞬间就令人食欲大增，一口咬下去，饱满富足的感觉充盈在口腔里，幸福来得如此真实。露台上还炖着一锅猪骨汤，大口吃肉，大碗喝汤，好不畅快!

那是一次令人印象深刻的聚餐，着实为寡淡朴素的生活添加了许多亮色。然而，过后许久，尤其是在飓风频频光顾的雨季，就再没有这样的精彩活动，自然也就没有什么令人期待的美食了。

不久后搬到了海边。还记得，每到夜晚，成群的螃蟹便会被宿舍的灯光吸引爬上岸来。或许，除了灯光，更吸引它们的是这个海滨小镇垃圾箱里的腐食，以及夜晚沾满露珠的草坪里的各种昆虫。

一天傍晚，从教室回宿舍的路上，听见马路边传来哗啦哗啦的声响，循声望去，果然是一只壮硕的大螃蟹，正向我们挥舞着大螯，做且战且退状。大家捡起树枝去挑逗它，没想到它一钳子夹住树枝，紧紧不放。一个哥们儿就这么顺势把它提拎起来，然后不由自主地说了一句："这么肥的蟹可是真少见呀！要不咱整点海鲜尝尝？"

说实话，对于我这个在内陆长大的人来说，内心是犹豫的——这家伙长得这么畸形，吃了不会中毒吧？

然而，在那个饥不择食的地方和饥不择食的年代里，远方的孩子们是比较任性的。来自广西的小伙伴们个个都是自然博物学家和美食家，带领着精力旺盛无处发泄的年轻人们向大自然发起了挑战。先是打芒果和椰子吃，校区内的几棵大树先后都遭了殃。然后有人发现学校外废弃的海滨棒球场旁的入海河口里生长着鲜美的蚌，于是，一帮南方海边长大的男孩冒险潜到河底，还有人拿蚊帐和回形针做成鱼钩、渔网，去海里捞起各种五彩斑斓的鱼，拿回宿舍煎着吃……

各种可以果腹的生物都被"猎人们"悉数捕获，使尽浑身解数加工成了盘中珍馐，供饥肠辘辘、内心空虚的小伙伴们大快朵颐。

只要吃不死，那就朝死吃……想来也真是幸运，在加勒比海边住了那么多年，居然没有食物中毒。相比之下，螃蟹嘛，在天天吃黑豆饭生菜沙拉吃腻了的时候，它在中国人眼里就是清蒸阳澄湖大闸蟹，蟹肉棒，蟹排……

于是，大家找了个纸箱子，做成"八抬大轿"，把它请回宿舍。

先是放在一个塑料桶里让它吐泡泡。

"那么，怎么吃？"几个年轻人光着膀子，穿着拖鞋蹲在桶边，时不时拿树枝朝桶底扒拉一下，就像是举行什么神秘的宗教仪式。

"蒸！"吃海鲜这方面"德高望重"的两广同学一言九鼎。

于是，大家好不容易从女生处借来了锅，蒸格——那还是人家装在行李箱里飞了几万里带来的宝贝玩意儿。我至今还记得蒸这只螃蟹时的一片狼藉——因为无法捆绑，于是直接把它挑进了蒸格，一个人负责按盖子，一个人负责点火。

大概有二十分钟，螃蟹一直在挣扎，甲壳和金属锅盖摩擦的哗啦哗啦的声响让人体会到螃蟹的绝望。

最后，没动静了，揭开盖子，水泥色的东西覆盖了一蒸格，已经凝固，反正不像是蟹黄。而就算是蟹黄，这么诡异的蟹黄也没人敢尝试。

想来想去……大概是大家太急躁了，还没把它的排泄物清干净就上锅了。

在场的每个人面对着一摊狼藉，都感觉参与了一场谋杀。虽然它就在那里，把壳掰开看得见里面肥美的蟹肉，然而，大家就是互相谦让，谁也不动手。

后来，只好把红透了的蟹丢掉，我们一边默念悼词，一边原封不动地将它丢弃在了宿舍门外走廊的石凳上。然后，带着些许负罪感，一脸黑线地回寝室收拾残局。

这些和吃相关的故事，构成了我们浪迹天涯的青春流年里难忘的回忆。

牛油果之味

在物资匮乏、条件有限的异国他乡，寡淡、饥饿除了使人身体不适，更大程度上是带来了无尽的空虚和莫名的焦躁。这种发自肺腑的不安，特别像青春期荷尔蒙分泌过剩导致的无处发泄的骚动，即便在多年以后，也令人记忆犹新。

然而每当仔细回味，铭刻在脑海深处，最为纯粹、最为深刻的味道也正来自那些漂泊流浪的岁月中，一些当时看似并不起眼的平凡食材和转瞬即逝的果腹体验。或许，只有在饿的时候，人的味觉才格外敏锐，心思才格外细腻，容易被感动。

预科阶段，我们住在内陆农村。一切衣食住行都是按月供给。一日三餐，更是乏善可陈。

赶上最好的光景，盼得到裹上面包粉炸得金黄的鳕鱼片，包着奶酪夹心的鸡肉饼，外酥里嫩的烤鸡腿，入口即化的罐头牛肉，鲜榨冰镇的番石榴汁……而大多数时候，要遭遇各式各样的黑暗料理……

带着赌徒的心态吃饭，必然是十分刺激的，无论惊喜还是失落，毕竟天天都有期待。对于正在长身体的年轻人来说，填饱肚皮并无大碍，但是对于来自饮食文化享誉世界的中国，注重色香味的年轻人来说，炊事班这帮十七八岁的拉美小哥们根本不懂烹饪的艺术，却如同位高权重的玛雅大祭司，像掌握着对浩瀚宇宙运行规律的最终解释权一般，掌握着每道菜的色香味形。他们擅长的烹饪手法无非就是油炸、烧烤、生拌，惯用的调味香料无非就是海盐、胡椒、各种糖……

天长日久，可怜的子民们不免口吐清水，眼冒绿光。即便如此，由于甜食、谷物、油脂摄入频率加大，无论男女，非但饱不了口福，还都三围剧增，变得臕肥体壮。最可怕的，大概要算是食堂里的那些鼎鼎大名的黑暗料理。

膻羊排、硬猪肉、臭鱿鱼，是所有留学生挥之不去的梦魇。

可能你一辈子也无法理解，好好的食材，怎么能够被烹饪得如此别具一格，人神共愤？我想，食堂小哥们这辈子也许也是无法理解的，因为他们从来都陶醉在按章办事、循规蹈矩的工作习惯之中，不晓得调和与变通。

从冰柜里取出鱿鱼，晾在灶台上解冻，然后几刀解碎，不加任何佐料，就扔到铝板拼成的锅上煎炸。残留的冰块开始融化，带着海盐的汁液慢慢析出，和橄榄油混合后，咕嘟咕嘟冒泡，好好的铁板烧演变成了不伦不类的煨炖。自此，局势开始失控，在天气晴好的日子里，远在一百米开外的操场上，或者金属百叶窗密闭的教室里，就可以闻到那股妖娆的气味——腥酸，咸湿，撩拨着每一根鼻毛，提醒人敬而远之。

那时，你全身的每一个神经细胞，都会高度紧张地预警——我的天哪！今天又吃鱿鱼！脑海中同时还会浮现出一个面目狰狞、满脸皱纹、笑容扭曲、令人不寒而栗的巫婆，守在黑色铁锅旁拿木棍搅拌着黏稠腥臭的浆液的场景……

学校方圆几里地内都是农场，没有多少户人家，学生周末排号进城采购一次，换句话说，你连个开小灶的地方都找不到！最终，你不得不屈服于眼前这一盘蓝紫色的，里面飘着几块白色碎块的海味。说实话，如果把它整勺舀起，盖在米饭上，稍微拌匀，入口味道还是不错的，只是那新鲜鱿鱼与海水腥臭的气息实在是太过刺鼻，难以掩盖。

硬猪肉倒是没什么恶气味，却既不是蒜泥白肉、回锅肉、红烧肉，也不是烧烤摊上焦香酥脆、噗噗冒油、香辣火爆的"骨肉相连"，而是一整块巴掌大的带毛的猪五花，被随意码放在铁板上，直接推进烤箱，烤至皮脆油出，然后由铁叉挑出，堆满一盘，便直接摆进橱窗里。

由于长时间烘烤，水分丧失，猪肉变得焦干，僵硬，塞牙，无味……

膻羊排其实是用烤箱烹制的山羊脊椎骨，挂着几缕筋道的里脊，烤得软软的，入口即化。这道菜带汤水，若是拌着小茴香、孜然等调料，相对来说还是不难接受的，然而，古巴人估计是不懂得料酒和椰汁的妙用，羊肉刚解冻，就直接被塞进烤箱了……

浓烈的膻腥常常让文静优雅的女孩子们避而远之，而为了从溶洞般的骨架里搞出一点肉，撅着嘴伸着舌头的造型又太过奔放，所以，不管分到多少，都大方地让给了旁边的男生，然后只能啃着牛油果，带着关怀的表情欣赏正趴在桌上恨不得四肢并用地吮吸几缕里脊肉和羊脊髓的汉子们。

就着如此个性鲜明的"大餐"翻来覆去吃上个把月，同学们终于变得生无可恋，性情暴躁，精神涣散。一天，有人从小镇上偷偷搞回一台简陋的电磁炉。这对我们这帮"难民"的意义，简直就是普罗米修斯把神圣的火种赐予了可怜的人类！

刚开始，受技能和材料的限制，大家只能藏在宿舍里炸花生、炸土豆。当黔驴技穷之后，开始和着胡椒粉炸饼干、炒面粉……

后来，有人从哈瓦那的"中国城"搞回来一瓶甜醋。每当晚风拂过树林，他就悄无声息地把晚餐配给的卷心菜沙拉带回宿舍，切成细丝，和着撕碎的熏肉一起翻炒。每当起锅之时，滴上一小勺醋汁，这化腐朽为神奇的调料缓缓落下，接触到平底锅面，瞬间化为一片蒸气升腾而起，那令人倍感熟悉的、浓烈的甜酸味迅速弥散开来，充斥在床铺间狭小的空间里。

再后来，有人陆续收到了家里寄来的包裹，里面居然有大包大包的辣椒、花椒、炒菜料！

然后寝室就沸腾了，大家像召开联大会议一样齐聚一堂，投票表决：

"兄弟们今儿个咱们怎么吃？是猪肉炖粉条，还是回锅肉，还是鱼香肉丝，还是油泼面，还是土豆炖牛肉？"

内心熊熊燃烧的烈火，以及异常骚动的气息，已经穿透了每个人的身体，在燥热的宿舍里聚集酝酿，所有人都仿佛歃血起事前的勇士，刚刚干完烈酒，个个精神抖擞，容光焕发，摩拳擦掌，跃跃欲试。

平时外语好的学霸们拿着风油精、清凉油、洗发液，去食堂和仓库管理员斡旋，换点重要食材；平时身手敏捷的孩子翻过围墙，徒步跋涉几公里，再拦车到城镇集市去割肉；平时不修边幅的家伙竟主动端着盆子去水槽边洗菜；平时抠门儿吝啬的家伙破天荒捐了一桶油；平时有洁癖的哥们儿更是把自己的床位让出来……

三十多度的天气，小伙子们袒胸露背，聚在两个铁架子床间的炉灶边，已经顾及不了形象，都竖起耳朵听锅里面的水咕噜咕噜翻腾的声音。不一会儿，忍不住揭开盖子，一股水蒸气腾空而起，扑面而来渗透进每一个躁动的毛孔。

炉灶的主人，也就是主厨，小心翼翼地解开塑料袋，捞出几颗花椒撒进去，挑起五花肉沿着锅边滑到底，看着肉慢慢变白，纹路和层次凸现，水面泛起油花……

刀法好的家伙把肉块片成蝉翼般的薄片，一边吮吸着沾满猪油的手指头，一边嘟瑟："我这祖传的功夫，可不是吹出来的！"旁边拿着刀刃短小的瑞士军刀剖青椒的伙伴动作极不协调，还连连点头，蹲在地板上剁蒜的同学手臂摇晃得飞快，活像个蒸汽小摆锤……

下锅炒菜的那一刻，无异于战列舰的入水仪式，所有人都庄严肃穆地盯着那口冲压铝锅的底板。哗啦啦，郫县豆瓣在热油里化开，给肉片上色，香葱、青椒慢慢变软……这时候，就算是油星子跳出来沾到身上烫个泡，也是幸福的。

忙一整天，换来一桌回锅肉、菠萝鸡、土豆丝、麻酱生菜、拍黄瓜，再蒸一锅白米饭，开两瓶朗姆酒……感觉许久的压抑终于得到了彻底的宣泄，人生瞬间变得幸福而圆满。这时候，无论哪个老师、哪个主任冲进寝室检查，我们也将置之不理，任凭开除还是遣返。此时此刻，为了吃一口中国菜，大家仿佛都成了亡命之徒，可以忽略一切！

小时候，常听老人家说有句话叫"隔锅香"，是说在家吃了多年的饭，往往觉得差强人意，总觉得别人家的味道会更好。然而，有一天，当你流浪天涯，漂泊海外，才开始思念那些曾经习以为常的家常便饭。是的，每当夜深人静，馋虫爬上心间，辗转反侧，脑海里浮现起那一道道家乡菜，仿佛个个都是玉盘珍馐，无价之宝。

长期压抑之后的狂欢和"造反"总是令人热血沸腾，然而那种快乐和自由却总是转瞬即逝且难以持久的，毕竟大家不可能天天聚在一起生火，毕竟做饭的动静太大，安全隐患不小，寝室大扫荡和炉灶保卫战也就此拉开序幕。

校长终于在晨会上郑重其事地宣布了政策——发现学生私藏炉灶，一律没收，发现在寝室里烹饪的学生，一律记过。老师们随即组成了督察队，轮流执勤。于是，这样一番情景反复上演——每当日落西山，"大厨"正哼着小曲，炒得欢畅，诡异的敲门声骤然响起……

于是仿佛正在深海保持静默的潜艇舱室里炸了锅，所有人如同训练有素的水手，上爬下滑，各就各位，端锅的，藏灶的，收拾餐具的，过程是鸡飞狗跳，结果是一片狼藉……

几个月过去，被没收的炉灶堆满了生活老师的橱柜。一些人渐渐明白，漂泊之路只是刚刚开始，征途漫漫，任性的宴飨终究不可一劳永逸，入乡随俗才是面对现实的正确办法。

有一天，我和班主任奥斯马尔共进午餐。老人教书育人近四十年，虽是德高望重的教育专家，但日子依然过得节俭。年过半百，远离家乡亲人，驻校授业，和一群来自大洋彼岸正值青春懵懂的年轻人共同生活。他永远都穿着那几套浅色的针织衫或是短袖衬衣，搭配笔挺的西裤，脚蹬一双饱经沧桑但擦洗得干干净净的牛皮凉鞋，这些，大概就是他在学校里最值钱的家当了。

奥斯马尔外表平凡朴素，但知识渊博。不仅在课堂上，也在生活中，随时言传身教，大家有任何问题都可以问他，而他总会放下手中的工作，耐心地解释。

我至今依然记得，参观百年古堡时，他在城门口叫大家抬头观察高悬在吊桥之上的石刻盾徽。大家发现这盾徽上有狮子，有城堡，原来城堡代表卡斯蒂利亚家族，狮子代表莱昂家族，盾徽反映了一个特定历史时期家族合并、版图变更的现实。看见街上有人兜售雪茄，他会告诉我们，烟草是印第安人的专利，有提神的功效。晚自习时有人在吃巧克力，他会兴致勃勃地向我们介绍，这种食物最早来自中美洲，玛雅人和阿兹特克人享用它的时候是拌着辣椒喝的，是祭祀活动里的一种兴奋剂……

其实，这些都是书本上的知识，他的教导竟然达到了润物无声的效果，以至于多年之后，还深深地印刻在我们的脑海中。在那些物质匮乏的岁月里，他为我们打开了一扇窗，那后面是精彩纷呈的新世界，他使我们坚信，任何知识都是神奇的，有美感的，只要你敞开身心，就会遇到一个绚丽的世界。

那个炎热的中午，大家在烈日下排队，等了很久，慢慢开始抱怨，越抱怨，越燥热。奥斯马尔却一声不响地站在队伍里，眯起眼睛，悠然自得地端详公告栏上的菜单，然后冷不丁地对我说一句："嗯，看来今天中午吃得不错呀！"

"您老人家在开玩笑吗！"我也看着菜谱，一脸沮丧，心中不住地吐槽。

今天的套餐是大名鼎鼎的硬猪肉配黑豆汤、牛油果。烤五花肉是一如既往的硬邦邦，食之无味，弃之可惜；黑豆汤倒是健康，只是那乌黑黏稠的汁液令人不忍直视。如此，唯一值得期待的就只剩下牛油果了。

就我们的孤陋寡闻而言，这长着鸭梨外表、香蕉内瓤的东西，再怎么说也应该拥有水果的甜味，而其学名"鳄梨"中的一个梨字更具欺骗性。还记得第一次品尝时，有人一口咬下去，才发现又增加了一种新的人生体验——肥腻，满嘴湿滑，无味，如同嚼蜡。毫不夸张地说，吃熟透发软的牛油果，就像吞了一勺固态机油……

然而，端着餐盘坐下后不久，我的注意力就被奥斯马尔那华丽的用餐姿态分散了——

只见他慢慢摊开餐巾，垫在桌边，从容地拿起刀叉，把猪肉切成细丝，混合着猪油一起拌进米饭里，然后，从碗里舀起黑豆汤，撒在米饭上，用勺子搅匀，稍等片刻，再一口口地慢慢送进嘴里，细细咀嚼。猪肉虽然干硬，但吸收了热气腾腾的汤汁后，变得蓬松入味，而米粒裹上了混合着猪皮、肥油、胡椒、香叶、八角、红椒熬成的黑豆汤后，则变得分外香滑弹牙。

他一口口地吃着，不紧不慢，一次性餐盘上不留一粒残渣，然后拆开附赠的茶叶包，倒一杯热水泡茶。同时，他把牛油果切成一瓣瓣的，用手指抓一小撮盐，天女散花般轻轻撒在上面，然后拍拍手，用餐巾把手指头清理干净，再拿起小勺来享用。

前汤、主食、点心——顺理成章，一气呵成。一穷二白的国家，一穷二白的人，在潮湿而炎热的雨季，在这蚊蝇飞舞的餐厅，却完全演绎出了在高档餐厅享受下午茶的优雅气质。看见我一脸迷惘的样子，他递了一瓣牛油果给我，邀请我分享。

我细嚼慢咽，突然感觉不腻了，一股清香慢慢在口中散开，尤其是在刚吃过猪肉与米饭之后。渐渐地，我迷上了牛油果，也迷上了这套黑暗料理的"正确打开方式"。

一两年后，我们已经离开位于乡下种植园的预科学校，搬到了舒适的海滨小镇。一个周末，我到哈瓦那游玩，在老城兵器广场的跳蚤市场淘到了一本老菜谱，里面介绍了各种西班牙菜、墨西哥菜的烹饪方法。这时才明白，牛油果营养丰富，本就不是甜食，厨师们更喜欢取其清香、醇厚，碾碎或者切块，入沙拉酱佐主食之用。不知道和老师共享牛油果的经历，算不算是一种润物无声的教化和随风入夜的融入？

大千世界，茫茫苍生，一个人掌握的知识和经验越多，他的世界就越广阔，生活就越丰富。而奥斯马尔使我明白，人生的快乐富足，内心的宁静优雅，并非都受制于物质和环境，也可以源自他对这个世界的认知和理解、适应和反馈，即便一颗牛油果，也可以是别有一番滋味的。

后来，到了西班牙，生活条件优越起来，我却再也见不到个头硕大、滑腻肥美的拉美牛油果，也就很少有机会像过去那样切瓣，撒盐，大快朵颐了。偶尔在市场上邂逅这种美食，也只有巴掌大小，价格还并不便宜。不过每次路过蔬果铺，我依然会买上一些，以往看室友们开火做饭、与奥斯马尔共进午餐的场景，又历历在目，一股暖流不禁悄悄流淌心底。

时过境迁，磨难和窘迫最终会发酵为宝贵的精神财富。那独一无二的青春岁月，提醒我珍惜自己已拥有的一切。那是照亮黑暗的光明，引领我不惧艰险，勇往直前。

未曾收获的爱情

认识她的时候，我还在读大二，作为学校选拔出来的翻译，去接待刚刚从国内抵达的新生。

城西南的何塞·马蒂国际机场，一群群学弟、学妹刚下飞机，正晕头转向。"小鲜肉"们看着一帮行事老练的高年级师哥师姐操着流利的西班牙语忙前忙后，为他们安排生活起居，张罗体检、报道事宜。

刚到国外第一天，所有的孩子都很兴奋，对一切都很好奇，东摸摸，西看看，时不时提些问题。

龙哥穿着人字拖，披着借来的白大褂，俨然一副电影《国产凌凌漆》里达文西的造型，"飞了二十多个小时了，他们竟然一点也不累！"他抱着一摞病历卡从护士站后门走过来，靠在屋檐下边嘀咕。当然，对于第一次做翻译就被分配到护士站为女生体检服务的几兄弟来说，我们有几分尴尬，几分羞涩，更多的还是兴奋。

妹子们排好队，然后一个个敲门进屋。医生则翻开病例卡，开始工作。他头也不抬，一面提问，一面按表填空："姓名？年龄？出生日期？"

我们靠在写字台边，如实翻译。

"经期？"医生严肃地问。

"咳咳，这个……让我想想怎么表达。"虽然国外比较开放，但也担心被小妹妹们当成色狼。

对于我们和大部分新生来说，这一天都是忙碌紧张，但又其乐无穷的。只有她愁眉不展，独自一个人坐在角落，恍恍惚惚、六神无主，一直拿着手机。

经过几句简单的交谈，我大概可以判断，这是一个从来没有离开过家的"小公主"，善良，单纯，无知。我们待的地方条件艰苦，想想自己刚来的时候受的那些罪，再看看面前这个一脸无辜的小姑娘，就有点于心不忍。

于是，工作结束的时候，我嘱托一个关系很好的学妹，平时在生活上多多关照她一下。

正式开学的那个晚上，我洗完澡换好衣服，准备上床睡觉。突然，一个电话打来，学妹焦急地说："你让我照顾的小妹子要走了，我搞不定！"电话转过去，小公主在那头哇哇大哭，要妈妈，要爸爸，要回家。

她见到我的时候，眼睛已经哭肿了。我们在大厅一角找了一张沙发坐下来。

"你就是那个高考差一分上重点，最后只能来这鸟不拉屎的地方的妹子吧？"对于这个五官精致的女孩，我还是有好奇心去了解一下她的背景的。

没想到话一出口，她哇地一声又哭了，然后就靠过来，抱着我抽泣。

最令人吃惊的是，哭过之后，她居然就在大厅里，沙发上，抱着我睡着了。

是呀，刚刚飞行了一天一夜，然后办手续、体检、注册，事情特别多，这些天她一定是累坏了。可这里毕竟是在远离家乡和亲人的陌生之地啊。

心一软，从此就开始了我们的故事。

睡了半个小时，她醒了，揉揉红肿的眼睛，一脸无辜地看着我。而我腰部的衬衫已经被泪水、汗水和口水浸湿了一大片。我咽了口唾液，提出了一个"天才"方案——用三天时间陪在她身边，带她适应新环境。

三天虽然短暂，却足够做很多事情。

首先，我以公谋私，借着翻译和工作的名义，带着她熟悉学校，熟悉老师。每天吃饭的时候，面对在烈日下排着长队、不断抱怨、翘首企盼的新生们，我会带着她面不改色心不跳地走过长廊，走到餐厅门口的人群之前，然后华丽丽地出示自己的工作证，顺理成章地通关。至今，我依然认为自己滥用特权的行为是可耻的，然而，也就是这样，我树立起了学长强大可靠的形象。

餐桌上，我不允许她使用中文。每次就餐前，我都会刻意举起一两样餐具，教会她发音和拼写，然后再开始进食。她的记忆力令我欣慰，不出两天，就完全掌握桌上所有的东西的读写了。

管理新生生活的校长是个老头，特别用心负责，每天忙到很晚，虽然一言九鼎，可感觉他很孤独。我便以她的名义写了一封信，表达慰问感激之情，由她亲自递交。老头看了以后非常开心，于是对她倍加关注。

同时，我也接触了她的班主任，几番往来，渐渐熟络。

三天后，她不安的心终于放下，在新集体里安顿下来，并且已经掌握了部分日常用语。吃过晚饭，站在大厅门口，我说要走了。她站在我对面，眼圈又开始泛红。我知道接下来会发生什么。于是心一软："好吧好吧，三周。"

这三周里，我开始选择性逃课。大学四年，唯一一门没有达到优秀的科目便是体育课。因为一到体育课，我就借口腿脚受伤，然后跑到新生驻地，开始有计划地教她西语入门。

更多的接触使我了解到，学妹虽然很单纯，但也特别踏实，我交代的所有学习任务，她都非常认真地去完成。为了练习一个颤音，她可以不吃饭，不睡觉。短短三周过去，她已经比其他所有新生都掌握得更好，更快，也能勇敢地和外籍教职员工交流了。这下子，我可以放心地走人了。

这个时候，我已经有点舍不得她了，因为她让我看到了自己念预科时执着、努力的影子，我不自量力地觉得，这是一张洁白无瑕的画布，我有机会避免任何杂质将其玷污，并用自己无处发挥的才华和智慧在上面画出最绚烂的图画。

我慢慢地走着，她紧紧跟在身后，不说话。到了作为校区分界线的小广场，我转过身招呼她早点回寝室，不要再送了。她站在原地不动，突然跑过来，抱住我："我不要你走！"

未来的三个月过得很充实，每天放了学，我都会找离她宿舍最近的护士站借一间独立的办公室，当宿舍和图书馆停水停电，人满为患，气温骤升，学生们备受煎熬的时候，我们却吹着空调，喝着酸奶，吃着水果，惬意无比地一起学习，读书，完成作业。

那一段时间，是我人生中最快乐、最幸福的时光，仿佛整个世界都与我们无关，只有陶醉在知识海洋里的自由和不断进步的快感。

进入年底，节日和活动多了起来，再加上拉美人能歌善舞，各种表演、比赛、舞会层出不穷。为了锻炼胆量，我鼓励她上台表演。我选好了一首简单动听的西班牙语歌谣《因为你走了》，把歌词抄下来，再标注好音标，一句一句教她唱。

深夜12点，两个人就站在宿舍外昏黄路灯下一起练习，直到她走上舞台。那一次舞会上，她甜美的样貌，清晰的吐词发音给人留下了深刻的印象。一夜之间，她的名字被全校熟知。不久之后，她正式成为我的女朋友。

因为要比她早毕业，我特别担心自己离开之后她受到欺负，所以我平时对她要求特别严格。有时候，她好强又倔强，明明我已经警告她前面有个大火坑，她却不愿相信。于是，我不像是另一半，倒更像是严格的教官。两人在一起时，不是谈学习，谈活动，就是谈竞赛，而这些都不是花前月下的事。

我并不想担任这个角色，这对我不利，对我们的关系不利。然而，我又必须担任这个角色，因为这是我的选择，我的责任。而她也小心翼翼，害怕在我面前表现得不够出色。

功夫不负有心人，还在预科阶段，她就报名参加本科生语言大赛了。老师们本来只是觉得她还算积极，不妨跟着学长学姐们玩一玩，长长见识，结果却出乎所料，她一路过关斩将，最终拔得头筹，又一次轰动了全校。

那天晚上，我正在寝室里洗衣服，突然有人敲门，她穿着参加比赛时的小礼服，端正又害羞地站在外面，手上提着一个硕大的牛皮纸袋。

"喏，都是给你的，这下满意了吧！"她把袋子一股脑塞给我。我低头一看，里面是印刷精美的奖状以及各种礼品。

我们都是积极上进的，加勒比那么美，然而一年中，我们却很少手牵手，一起漫步海滩。事实上，从预科到毕业，她参与了所有学术竞赛和艺术活动，考取了各种等级证书，成为了名副其实的学霸。

然而，这或许并不是什么好事。

或许是因为身在海外，反而更加注重传统，学生们每年都会期待两场春晚，一场是国内的，一场是留学生自己的。

出国前，每年除夕都是在电视机前和全家人一起看春晚，吃着年夜饭，温馨度过。出国后，因为有了12小时的时差，所以大家会早早起床，齐聚教室，围在电视机前收看国内的春节联欢晚会直播。虽然这边窗外阳光明媚，没有白雪纷飞，没有烟花绽放，大家还是希望能够通过电视与国内同步，感受一份浓浓的年味儿。每一个普通的节目，每一句简单的祝福都特别容易打动海外学子的心。

我们也会举办自己的春节联欢晚会。晚餐过后，在这个海滨小镇的露天广场，星空为幕，大地为席，棕榈为幔。中西结合是留学生春晚最大的特色，多才多艺的中国留学生们表演传统的琵琶、民族舞，也会和古巴老师合作，跳起探戈、萨尔萨、弗拉门戈，弹起吉他，唱起西班牙语民歌……在一片喜庆之中，大家一起迎来除夕夜的钟声。

早些时候，每逢春节来临，我就特别忙碌，帮着学校张罗布置，她在寝室里期盼和哀怨。后来，换作她被学校选拔成为春晚主持人，便是比我还忙。我在家里做好了团圆饭，她却为大家忙到很晚。就这样，几乎年年都无法在一起过节。然而，每逢大小活动来临，我和同学们站在观众席上，总能看见这家喻户晓的"学霸主持人"正拿着稿子，穿着晚礼服，踩着高跟鞋站在舞台下。我总是远远看着她，怕她分心。虽然忍耐是艰难的，但是内心里特别骄傲。

我总是希望她能更好，更独立，更优秀，她总是觉得我对她不满意。我们在一起，总是激烈讨论着学习、工作、人际上的各种矛盾。担忧，争辩，吵架，后悔……而我们又深深依赖着对方，不允许感情有任何瑕疵。

终于，我完成学业，必须按照项目规定限期离境。我们终于丢掉一切负担，好好逛了一次哈瓦那老城，去巧克力博物馆喝巧克力，去老广场看透镜，去莫落城堡的炮台吹海风，去革命广场拍照，去国会大厦喝甘蔗汁……我们都知道，这是我们最后的时刻。

我走的那天，为她做了一大锅菜，因为我以后再也不能给她做饭了。送别时，她忍住没有哭，努力挤出笑容。我告诉她，你不要来机场送我了，就送到校门口吧。当汽车开动，我转过头，看见她跟在后面跑了很久、很久。

或许，我们将来还会相见；或许，我们就此永远分开。

飞机起飞的时候，舷窗外哈瓦那港高炉的烟火、塔城上空的晚霞是那样清晰，脑海中，我和她在一起经历的一切像电影片段一般闪过。终于，眼泪忍不住夺眶而出。那一刻，我知道，我失去她了……

我毕业回国执教一段时间后，她假期回国，在北京补习英语，我正好前往北京办理前往欧洲留学的签证，我们又相见了。那一晚，我点了很多很多菜，仿佛特别担心她吃不饱。把她送回宿舍的那个晚上，她抱着我，久久不放开……

我先到欧洲，打点好了一切，一年后，她也申请到了西班牙的学校。我们又一次生活在同一个国家，距离如此近，仅仅是两三个小时的车程。然而，却因为各种阴差阳错，竟然就是没有再见过面。我去巴塞罗那，她在冰岛，她来马德里，我在加纳利。我们都要强，仿佛都在考验谁更爱谁多一点，谁能让谁多一点。

她硕士毕业的那天，收到知名博导的邀请，然而，终于还是选择了回国工作，后来又被外派到了遥远的国度。

不得不说，职场对一个人的改变是相当大的。我们最后一次见面的场景令人印象深刻，向来单纯的她打扮得成熟性感，波浪头，低胸领，言语中透露着对部门男经理的仰慕和崇拜。他总是带她出入各种社交场所，见各种"人物"，教她"学本领"，还不断向她灌输一个道理——人生的最高目标就是升职加薪，而为达业绩，要不择手段。

入职以后，她对我说的话开始显得越来越世故——陪客户吃饭喝酒是很正常的事嘛；你不懂什么叫业绩，你不懂钱是万能的，没有钱万万不能；经理又夸奖我了，说要把更有意义的重任交给我……

我最担心的事终于还是发生了。我知道，在现实面前，我们已经选择了不同的人生，就此分道扬镳。

此后，我还教过各种各样的本科生、硕士生，每次看见一个小笨蛋被培养起好习惯，从零开始接受知识和经验，并且顺利反馈的时候，就想起她以前的样子。

今年初秋，我把窗台上的空花盆整了整，买来很多袋底土，随便找了一些菜种子，想试着种菜。

公寓的楼层不低，太阳光线充足，然而，在马德里这种日照强烈、风大、干燥的地方，在这个漏风漏雨、不接地气的阳台上种花，是有一点挑战性的。

先后试了很多种子，最开始很浪漫，种薄荷、罗勒，可是长蚜虫，密密麻麻的小点爬满植物的根茎，剪都来不及剪。于是接下来种地瓜，不知道谁给我说的，水培地瓜很好看，还能长叶爬藤，可惜我的地瓜全都烂掉、霉掉了，就是不发芽出根。然后种番茄，冒芽很快，然而纤细的枝干经不住狂风的摧残。

后来有一次吃苦瓜，看见它的种子很饱满，于是就随意撒在了土里，没有抱太大希望。毕竟，这个时候天气已经很冷了。初秋的淅淅沥沥的小雨更让人心里没底，未来是一个严冬，这新生命是否活得了还是个问题。我每天都去观察，每天都希望看到花盆里有变化，然而，一切都安安静静的，只见深黑色的土壤。后来，我不抱什么希望了。

9月中下旬，几场小雨过后，天气转暖，有一天，做饭的时候，揭开悬在花盆上的菜板，发现下面黑黢黢的土壤里居然冒出了一片一片的新绿。好像就是一夜之间，这些新生命就破土而出了。那种新绿格外显眼，充满了生机。那一刻，我惊喜又激动。最开始是一种无所谓的心态，然而，现在仿佛有了一种责任。

这一次撒下的种子特别多，所以生长得很集中，细小的苗互相依偎在一起，顶端展开一片幼嫩的叶片。我知道这样是不科学的，种子之间互相挤压会夺去同伴的养分，但是，或许也正是最开始它们挤在一起，齐头并进，顶破土层，才得以幸存。后来几天，这些苗子越长越高，叶片越来越大。

有了以前失败的经验，我很注意浇水，施肥，除虫，结果每天都有变化。茎长高了，叶片变大了。

10月初，天气更冷了，于是我用保鲜膜做了一个温室。在隔热、保温、防风的环境下，它们又是一阵疯长。

后来，叶片上出现了黄斑，我开始没在意，后来发现植株旁边总是有一些黑色小虫飞来飞去。而但凡遇到小虫的植株，叶片全部出现黄斑和黑斑。我赶快咨询行家，发现原来是虫害来袭，于是赶紧排涝、除虫。

11月初，长得最高的植株已经爬到了温室的顶部，我用剪刀挑开一个小口，牵上绳子让它顺着爬。

不知道这个冬天，它们能不能活下来，但是，我会尽我的努力去保护它们。因为，每一颗种子都会发芽，你对它付出多少，它就给你多少惊喜。只可惜，我选了那么多种子，最后要收获的竟是苦瓜。

亲爱的小兔子，我见过最茁壮、最美丽的新苗，你在哪里？你还好吗？

蕾小姐的打字机

再过几天，蕾就要来马德里了。

还记得我第一次见到她，是在一个秋高气爽的日子里。课间，康普顿斯大学新闻学院外聚集着抽烟、喝酒、晒太阳的青年，慵懒的阳光照射在法国梧桐遮天蔽日的树冠上，穿过宽大叶片之间的缝隙，化作星星点点的光斑撒在路面。远处，有一个清秀的身影，双手叉在风衣衣兜里，踩着树下的落叶，慢慢走过来，像是童话里逍遥自在的仙子。

这是一个身材娇小、气质冷艳的女孩，明亮有神的大眼睛和整齐修长的睫毛令人印象深刻，谈吐间成熟而超然，还有少许骄傲和倔强。带着些许好奇、些许激动，那一刻，我就好像汉尼拔·莱克特博士初次邂逅克拉丽丝·史达琳一般，被相似的灵魂所吸引。

繁重的课程和复杂的作业总是让初来乍到的学生们应接不暇，因此，来我这个博士学长家里拜访的客人也就多了起来，她也恰好是其中之一。很快，我就发现，这个总是坐在桌子对面的女子是如此出类拔萃，她的果断、冷静、理性、幽默以及对各种问题的深入见解常常令我自叹不如。同时，我也留意到，每当众人散去，她总会默默地靠在窗边，若有所思地看着外面的街道，然后抬起头来问我："学校一定会让大家按时毕业，早日回国吗？"

我原以为，一个成熟理智的女孩，其内心应该很难掀起焦躁和不安，然而，这一切就这样自然流露出来。后来，我才知道，那个也曾与她同沐暴风骤雨，也曾许下山盟海誓，如今令她魂牵梦萦的俊俏男友没有陪伴她一同深造，而是选择在国内的公司入职。正是这个原因，使她魂不守舍，对眼前浪漫优雅的欧陆风情漠不关心，一心盘算着早日结束漂泊，和心爱的人结为伉俪，永不分离。我也曾体会这相隔万里的等待、煎熬的滋味，只是，看起来她比我还要抑郁。

光阴似箭，很快就遇到了任务繁重的关键时期，学生们被无数论文和即将到来的考试压得喘不过气。再次见面的时候，她如同变了一个人，憔悴得令人吃惊。她伤心欲绝地告诉我："他提出来就此分手，各奔东西。"

生活是现实的，甚至有点残酷。

"我很爱他，为了我们未来的幸福，我就这样出来打拼，可是为什么？我只想知道一个原因！"她喃喃自语。

我知道，或许没有什么原因，有时候，我们真的没办法唤醒一个装睡的人；有时候，相濡以沫，真的就不如相忘于江湖；有时候，好人不一定有好报，有情人不一定终成眷属……

我有些担心，默默祈祷她一定要挺过去。毕竟，失去了爱情，难道还能再失去健康和事业么？在懂得爱别人之前，每个人必须都要学会先爱自己。

所幸，在这异乡求学的漂泊路上，在孤独无助的深深绝望之中，在至关重要的学期之末，她还是坚持到了最后，并以论文答辩满分的优异成绩顺利毕业，返回了国内，然后被一家央企录用。

白驹过隙，分开也快有一年了。原本早就承诺过要送给她一把福克斯伞，可惜，马德里的天气向来干燥，这里的人不知道雨伞为何物。思来想去，还是送她一台打字机吧。

马德里的"潘家园"在托雷多门一带，是已经成形几百年的古董市场。论办公室老物件，最专业的还属广场旁老街口的这家。古董店的店门很小，招牌也很低调，但玻璃橱窗之后却隐藏着另一个世界，宛如十九世纪初的办公室。

那泛着油光的木质书桌上，陈列着各式各样的老电话、打字机、照相机，角落的橱柜里放置着留声机、地球仪。墙壁上挂着皇家、大陆等厂家的宣传海报，海报上绘着喜笑颜开的金发美女……

看到这些老物件，不禁感慨，一百多年前的人们同样喜新厌旧，刚遇到一件时髦的新玩意儿，就迫不及待要收入囊中，一旦时过境迁，又将它们残酷地抛弃。

店主是两夫妇，热情地招呼我进门。老头蓄着精致的小胡子，头发花白，穿着蓝色工作服，带着袖套，脸上带着职业化的温和笑容，却也掩不住商人的精明。他以前是个技术工人，有五十年从事办公器具修复的经验。自从有了自己的店铺以后，妻子照看着生意，他就走街串巷，找来那些被人们遗忘、闲置的老物件，将它们运回家，仔细拭去厚重的灰尘，像医生对待生病的孩子那样细心地修复那些破损的部件，像给即将出嫁的新娘子化妆那样将那些被磕碰掉油漆、已经露出锈斑的伤口一点点修补好，最终，用自己灵巧的手赋予这些老物件新的生命。

有一段时间，我对这里的手摇留声机很着迷。我所认识的第一台留声机的机身上绘制着可爱的标志——一只小狗向着留声机的喇叭张望。关于它还有一段感人的传说：

从前，有只流浪狗被好心人收养，主人去世后，小狗和他的留声机被留给了主人的弟弟。有一天，当弟弟使用留声机时，小狗听见熟悉的声音，误以为是主人回来了，便对着留声机的大喇叭不住张望……深受感动的弟弟把当时的场景画了下来，名为"His Master's Voice"（他主人的声音）。

过去，能够在午后的阳光下泡一壶咖啡，躺在书房角落里听听老唱片是多少人的追求，可是，随着科技的进步，娱乐方式的多样化，收音机、电视机、电脑先后出现，那个曾经神奇的木匣子最终被封存，或在搬家时被遗落……

有一段时间，我对这里的打字机也很着迷。外壳乌黑锃亮、曲线优美柔和的史密斯·科罗娜打字机令人一见钟情，按下它象牙色的赛璐珞键钮，铅字打在滑车上发出清脆的声响，留下颇具质感的字符，仿佛穿越时空回到从前，那种感觉妙不可言。店主告诉我，这就是海明威青睐的品牌——据海明威的妻子回忆，每次回到家，听见楼上的史密斯·科罗娜发出啪嚓的声响，她就知道丈夫在埋头写作。

"人生聚散事难论，酒尽歌终被尚温。独照花枝眠不稳，来朝风雨掩重门。"

人总是善变的，风雨过后，并非涛声依旧，只有在那些没有生命的旧物上，还重现着曾经的温存。也正是因为人情易改，旧物常在，或许，才会有一些人会在茫茫人海中寻觅，收藏自己的回忆和别人的往事。

最后，我从满屋的老家伙中，为蕾选了一台西班牙语键盘的Hispano Olivetti打印机，据说是意大利人Olivetti创造了这个品牌。良好的人机互动性，经典的外观令人赏心悦目，以及那独有的ñ字键钮，或许是我们漂泊在伊比利亚的人共同的情怀。

付完现金，我竟然连回程的地铁票也买不起了，于是拿包装袋小心翼翼地包好木箱，抱着它经过东方广场，路过皇宫，走向格兰大道，穿过来往车流和茫茫人海。那一刻，好像突然明白——

老物件就像人一样，可遇不可求。永远在一个地方等你的，可能不是你钟情的那个她，你钟情的那个她可能不会永远在一个地方等你。一世红尘过后，终将面对曲终人散的无奈。

伊人再美，彼此都没有办法长相厮守或永远占有，只有在一起经历过的分分秒秒，点点滴滴，能够化为隽永的回忆，跟随着那些老物件，跨越国界，穿越时空，阅尽一世又一世的离合聚散，悲欢喜乐。

相聚是缘，且行且珍惜。

最后的协奏曲

那一年，我刚回国，她就打来电话，约我吃饭。

尽管从小在美食之都长大，早就和她一起尝遍每一家名噪四方的特色餐厅，但自从分别以后，我们已三四年没在一起吃过饭了。在我的印象中，她历来就很在意两个人要不要找一处优雅舒适的环境，点一桌美味可口的食物，好好坐下来享受时光——这仿佛是和洗礼、成人礼、毕业礼、婚礼、葬礼一样神圣而庄严的人生大事。

"我们去个近点的地方，还是远点的地方？你是想吃中餐还是西餐，韩国铁板烧还是日本料理，麻辣火锅还是香辣干锅，辛辣一点还是清淡一点？”

她就像个严肃又焦虑的导游，一会儿不停发问，一会儿又拿着手机查找信息。突然，她眼前一亮，仿佛参加奥林匹克数学竞赛的小孩子找到了最后一道难题的答案，激动地说：“走，我带你去一家开张不久的新店！”

费了老大的劲，绕了好远的路，找了很久，终于在城西一片新建楼盘下找到了这家餐厅。直到下车的时候，我都一直在抱怨：“吃个饭而已，要不要这么折腾！你也就是吃饭来劲儿，干其他事情的时候从没这么积极！”

饭馆的门面中规中矩，招牌十分低调，没有多少浮夸的装饰。推开门，店面很小，也很清静，布局合理，线条流畅，光线柔和。这是一家西餐厅，却不显露任何欧陆情调，与之相比，其他店家特别喜欢突出的红酒架、磨豆机、西洋画、水晶灯、绒布毯、雕花椅等浮夸的布置都显得碍事。大概是装修得太过于简约了，桌上摆放得十分讲究的雪白方巾和银质餐具就理所当然地显得格外醒目，仿佛提醒着我们——来这里主要是就餐，而非装腔作势。

我们来的时候，店里人还不多。老板娘气质端庄，站在门口和气又干练地招呼着客人。着装整洁的服务生也在她的指挥下井井有条地进行午餐前的准备。

坐在这里，让我想起了威尼斯圣马可广场的露天咖啡座，但坐垫与桌面的高度和距离却十分协调，令人感觉舒适惬意，花瓶里玫瑰散发着淡淡的幽香，服务生端上来的柠檬水清凉透心，醒脑提神。我翻开菜谱，才注意到菜名全是手抄的，厚厚的牛皮纸面上全是漂亮秀气的花体字，竟然还有一些勾勾画画的改动痕迹。老板娘解释说，因为新店刚刚落成，菜式还在根据客户的喜好调整，所以菜单也就不是那么正式，略显潦草。听到这样自信又专业的解释，我对即将要品尝的食物兴致顿生。

是的，之前的我对吃吃喝喝并不重视，心里整天盘算着的问题都只有一个——桌子对面的美女到底要不要和我确定关系。谈了这么久，两个人从小到大，聚了散，散了聚，能不能不要再若即若离，相互考验，能不能赶快确定关系？

她很淡定地把菜单递给我："好不容易回来一次，今天你来点菜吧。"

我把菜单又推了回去："我又没来过，既然是你选的地儿，还是你点吧。"

于是她果断利索地选好了例汤、沙拉、甜品，轮到选择主菜的时候，有些举棋不定，扭头看了看旁边另一桌，凑过头来，一脸俏皮地对我说："隔壁的看起来很可口的样子，我也要吃，要不你问问他们点的是什么？"

我点了点头，硬着头皮转过身去向邻桌的服务员讨教……

这顿饭，注定会成为我一生难忘的美好回忆。

奶油蘑菇汤香醇浓郁，罗宋汤酸甜爽口，自然柔和的美味使味蕾渐渐苏醒，慢慢激起了食欲。

接下来，服务生端上两只方形小瓷盘，里面是精致的曲柄小勺，勺里只盛着核桃大小的一小口食材，乳白、圆润、滑腻、黏稠，看上去很像是我在拉美常常吃的奥利维耶沙拉。

"这分量，这质量，未免也太袖珍了，根本不够填肚子！"一向就区别不开西餐厅和大排档两种觅食之地的我正嘀咕着，服务生把碟子放到我手边，凑近我悄悄地说了句："要一口吃进嘴里哟！"

"什么名堂？"我又开始吐槽，"西餐我已是天天见，什么餐巾、酒杯、刀叉、礼节就够折腾了，没想到还要规定具体吃法？"

她坐在对面，只是撑着尖尖的下巴看着我，脸上露出神秘的微笑，没有说话。

我拿起勺子，放进嘴里，一口扫光上面所有的东西——嗯，刚刚的判断不错，这的确就是流行于中东欧和南美的俄式冷沙拉。不过，开始慢慢咀嚼的时候，一些细小的颗粒在口腔里噼噼啪啪地炸开了……这种感觉突如其来，又仿佛似曾相识。很快，我就反应过来——这画龙点睛的改进和大胆的创新是加入了我们小时候常吃的西班牙跳跳糖！

虽然这种做法并不少见，也不是高大上的米其林星级餐厅青睐的独门绝技，然而，在那一瞬间却令人仿佛回到了童年。是的，这一刻，我的口腔里已然开始了一场狂欢，脑海里浮现出孩提时一幕又一幕的场景……

我紧闭双唇细嚼慢咽，等待口中跳跃的小精灵安静下来，然后，忍不住露出了孩子般的笑容，她看着我，心满意足。

接下来上主菜——魔鬼烤鸡。

竹篮里垫着带花边的吸油纸，盛着被烤得香酥脆嫩均匀切成四块的小雏鸡。我们选择的味道是极辣的，鸡肉表面上还随性地撒着暗红的辣椒末。这显然是带有浓烈乡村风情的菜肴，其辣味的变化层次闻起来就十分丰富，而通过外形，可以明显感觉到食材在进入烤箱之前经过了长时间入味，而烹制之时被反复上油涂汁、多次刷料。勾魂的香味随着腾腾升起的热气飘进鼻孔，令人垂涎欲滴。

"用手。"两人相视一笑，不约而同地抓起鸡块送进口中。

被涂抹过蜂蜜、油脂尽去的脆皮在唇齿间爆裂，鲜香的汤汁顺着鸡肉的纹理溢出，带着脆骨的筋道……几块鸡肉下肚，辣味开始弥散，额头上渗出一层细密的汗珠。如果说吃也能令人产生迷醉的感觉，我想，这大概就算是了。

当时，脑海中浮现出自己在外漂泊的一个寒冷冬夜，连续一两周的乏味饮食外加白天错过了午餐和晚餐，到了夜晚，我们变得饥肠辘辘。伙伴们四处张罗，最终只搞来了少许大米、葱段和厨师做菜时剔掉的一些鸡腿骨。于是大家饥不择食地炖了一锅薄粥，最后恋恋不舍地用牙齿把每一根骨头上的筋肉都刮得干干净净。落魄之时，做梦都幻想着有朝一日修成正果，荣归故里，与佳人同桌大快朵颐……

她看见我若有所思的样子，像照顾小弟的懂事姐姐一样，拿起一张餐巾拭去我嘴角的油花，这让我突然又想起了很多年前的事。

因为我不懂事，犯了大错，引得父母大吵一架，大概双方都互不让步，情绪失控，竟然把离婚都说出来了。那一天，少不更事的我真的吓坏了，独自离开家，一溜烟跑到她的学校。在大学的荷花池边，我大哭大闹："都是我的错，他们都不要我了，我的家要散了！"

她听完过后，先是一怔，然后很快收敛住惊愕不解的表情，慢慢走到我面前，轻轻摸着我的头，笑嘻嘻地说："亲爱的小弟弟，不要哭鼻子了好不好啊？姐姐带你去吃炸鸡好不好啊？"

那一刻，没心没肺的小傻子面对美食的诱惑分了神，抬起头就看到她恬静淡然的微笑。虽然最终没有得到什么实质性的建议去解决问题，脆弱又敏感的心却仿佛突然找到了安稳的依靠，居然就这样破涕为笑。或许，我一度真的习惯了她带给我的这种贴心的温暖，认为我们就会一直这么厮守下去，理所当然……

甜点是豌豆慕斯，不同于以往冷冻的做法，在这里是用蒸的，大概因为是压轴菜品，老板娘小心翼翼地亲自端上桌来。

晶莹剔透的迷你香槟杯里，是层次分明、颜色翠绿的慕斯，少许豌豆粉均匀地洒在最上层。用小勺品尝，味道清新淡雅，让人想起春天的雨后，蝴蝶飞舞、芬芳弥漫、翠色四溢的草坪。

"你们真有眼光，其实，这道菜对器皿的要求是相当挑剔的，报废率极高，我们每天做不了多少份。"

老板娘擦擦手，兴致勃勃地说："因为每一只杯子都必须纤薄透明，质地均匀，不含气泡，否则在上锅蒸煮的时候，要么会因为传热不及时，导致口感不地道，要么会因为受热不均，引起容器炸裂。"

此时此刻，我已经被美食征服，对这家餐厅和它的主人也肃然起敬，并产生了强烈的兴趣。一聊天才知道，这低调隐居城西角落的小餐厅，来头一点也不小，它的前身竟然是香槟广场附近红极一时的"协奏曲"餐厅。

"协奏曲"餐厅的创始人是在美国生活了多年的台湾夫妇傅先生和傅太太。据食客们口口相传，傅先生年轻的时候在法国学厨，后来在美国的田纳西州创办了自己的西餐厅。夫妇俩经营有方，生意一直很好。后来，孩子们长大成人，夫妻也都到了落叶归根、颐养天年的年纪。儿子极力鼓励老人好好玩乐，周游世界。可他们大概是习惯了兢兢业业地忙碌，不愿意放弃工作。

傅先生的弟弟一直在成都，知道水旱从人、不知饥馑的天府之国餐饮业发达，食客众多，然而，当时市场上却还没有一家特别地道的法式西餐。于是，年逾六旬的傅先生和傅太太带着美好的希望和高超的手艺来到了这座休闲安逸又摩登时尚的城市。

晚年开店的傅老夫妇，不像其他生意人急于发财牟利，倒更像是艺术家，通过对完美细节的不懈追求完成一种自我实现。

傅先生身穿雪白的工作装，头戴高筒帽，看上去专业又谦和。作为大厨，他总是一丝不苟地在窗明几净的工作间里忙碌。傅太太则主外，热情地招呼着慕名而来的食客。

店里每一套餐具都是从世界各地精心挑选的，根据气质和外形，合理搭配每一种菜品。牛排和龙虾等重要食材需要专门空运而来。每天一大早，傅先生还要亲自去菜市场沾沾地气，选择最新鲜的时令蔬果，随机策划当日的菜式。

于是，这里的每一次开门营业都会带给食客们极致的体验。当然，天长日久，这样鹤立鸡群、精益求精的代价必然是引来"木秀于林，风必摧之"的烦恼了。顾客们的竞相追捧，同行们的流言蜚语，工作上近乎苛刻的自我要求，以及体力上的严重透支，让老两口逐渐有些力不从心。

终于，他们离开了核心商圈，转而守在眼下这僻静之处。据说，这是为了扶持一个曾经给予过他们极大帮助、热爱餐饮的小伙子创建一家自己的西餐厅，待他步入正轨，夫妇俩就彻底退隐江湖。

如此说来，眼下我们俩一起吃到的这顿饭，对于难得回家的我而言，可能是绝唱了。而这也正如我和她的关系一样。

那个夏天之后，我又一次远渡重洋，而我们最终也没有给对方任何承诺。大概，这就是生活，这就是命运。

后来，我一个人去过很多国家，很多城市，走街串巷，品尝过各种各样的美食，却常会在深夜里醒来，望着窗外的万家灯火怅然所失。偶尔，也会想起走之前我们最后的对话——

"其实，就在家乡做一名普普通通的老师，安安稳稳的，这样多好。"她端起酒杯，祈求地看着我，然后一饮而尽。这是相识这么久以来，我第二次看见她喝酒。第一次，是在我们初恋之时。

"呵呵，普普通通的老师……我只是害怕，普通下去，以后孩子的奶粉我都买不起。"我调侃着自己，也责备着自己。

又过了一些年，流浪的游子终于返回家乡，衣食无忧。然而，无论是那家"协奏曲"，还是当初我们一起光顾过的这家西餐厅，还是傅老夫妇，还是她，都彻底消失在茫茫人海之中。或许，真的是找不着了，或许，是不忍心再去找了，留下的，只有很多年前品尝食物时那些甜美而隽永的回忆。

其实，在一生中，真正重要的并不是物质，不是承诺，不是等待，不是考验这些的复杂而现实的前提，那只不过是喜欢作茧自缚的人因为没有勇气相信自己，而把最宝贵的希望、最美好的时光出卖给了臆想出来的困难和问题。真正重要的是，这一路上两个有缘人的理解和尊重，支持和依靠，分享和体验，呵护和珍惜。

当你喜欢一种食物，就去享受它吧；当你拥有一个愿望，就去实现它吧；当你憧憬一片风景，就去欣赏它吧；当你很爱一个人，就去陪伴她吧。不要给自己留下任何遗憾的理由！人生中，总有一些极其美好的东西，可遇而不可求，虚幻又脆弱，或是转瞬即逝，和你擦肩而过，不要等到永远失去，才倾尽一生来感慨和惋惜。

我想，这世界上最幸福的事，大概就是到了垂垂暮年，还能和心爱的人在一起，弹奏人生最后的一支协奏曲。

第六章 流浪的本意

流浪就是自由开拓，勇敢进取；流浪就是博采众长，兼收并蓄；流浪就是见多识广，吐故纳新；流浪就是对智者、勇者、行者最为美妙的夸赞。

天涯海角，心血来潮

丹尼尔死在了西班牙与法国交界的比利牛斯山区——那条去往圣地亚哥德孔波斯特拉大教堂的路上。他不幸遭遇了暴风雨，就这么仓促地离开了人世。父亲汤姆收到噩耗，强忍悲痛，只身前往料理后事。这位美国医生本是要接爱子回家，可当他整理儿子的遗物时，突然决定，将儿子生前已经走过和还没走完的路再走一次——用这种方式去体会和理解他的生活和理想。

在路上，汤姆邂逅了三个从不同国家来到这里的"朝圣者"，他们都怀揣着同样的梦想——通过艰苦的徒步之旅从世俗世界中找到心灵的慰藉和生命的意义。终于，父亲替儿子走完了全程。最后，他拿起那张"朝圣者通行证"，郑重要求工作人员签上儿子的名字，然后继续向西把儿子的骨灰撒向大海。

这是我很喜欢的一部电影，叫作《朝圣之路》，讲述的正是发生在西班牙北部，横跨阿拉贡、纳瓦拉、拉·里奥哈、卡斯蒂利亚－莱昂、加利西亚五个自治区的那条知名古道上的故事。

每一年，教徒僧侣也好，凡夫俗子也好，青年才俊也好，情侣夫妻也好，耄耋老人也好，朝圣者们一律肩挑简易行囊，怀揣通关文牒，手持原始木杖，沿着贝壳标识，前往心中的圣地。

在这条绵延几百公里的小路上，他们要跨越无数孤寂小镇、荒芜原野、崎岖山涧，头顶烈日，夜宿驿站。驿站之间相隔几十公里，沿途风景如画，却没有娱乐，没有网络，没有店家，没有补给，如果每天不能按时走完行程，便只有露宿野外，披星戴月。

在这条路上，无论你是家财万贯也好，一贫如洗也好，朝气蓬勃也好，行将就木也好，大家都一样。当到达了圣地亚哥，结束行程，还要专门前往海边，丢弃掉一件伴随自己一路的物件——这仿佛象征着人生的取舍——人本就是赤条条地来，走完这一生后，也必将毫无留恋地放下，平静安详地离开。

在一次国际画展上，西班牙艺术评委向我的老师提问：

"世界上有那么多山，你凭什么认为自己所画的西藏的山算是艺术？"

老师没有立刻回答，而是反问："艺术算不算是一种朝拜？算不算是凡人与神明的沟通？那么，从范围上讲，一个地方有那么多人都在进行朝拜，算不算艺术？从时间上讲，历朝历代，那么多人耗尽毕生精力进行朝拜，算不算艺术？"主席团鸦雀无声，最后报以热烈的掌声。

生活不是艺术，但可以是一场天涯海角、心血来潮的朝圣。我们忍痛割爱，浪迹天涯，不愿意停下来，蜗居在这遮阴避雨的屋檐下，或许仅仅是因为还没有勇气去放弃理想、去妥协、去过自己不想过的生活，并被平凡湮没。

1871年，日本刚刚成立三年的明治政府拿出年收入的百分之二，供给那支近百人组成的政府使团，从横滨港出发访问欧美十二国。岩仓使团的一行人经历了始惊、次醉、终狂的过程，从一开始为西方发达的技术所震惊，然后陶醉在高度发达的物质和精神文明之中，最后下定决心发奋学习仿效。

当第一次在电视节目中看到这一幕时，我就决定了，如果此生有机会踏上欧洲的土地，就一定要用岩仓的眼光去寻找和体会这种感觉。

刚刚出国的那些年，多少有些不以为然。飞机嘛，我们也有；机场嘛，我们修得更大；火车嘛，我们的可以跑得更快；楼房嘛，我们盖得又多又高……就这样，始惊的过程体会得不够。然而慢慢才发现，欧洲之醉人，正像红酒慢慢上头。

当你陶醉于万圣节舞会、贡多拉小船、莫扎特歌剧、巴洛克宫殿、喷泉上的鸽子，享受着现代化、网络化、一站化的便捷，沐浴着自由清新的空气，贪婪地吸收着来自于耶路撒冷、雅典、罗马、巴黎、维也纳的文化精髓时，才知道自己醉了，并且，不愿意醒来。

忙碌的时候，时间总是过得很快。读博期间，更多的课程、更多的实践交流使我的头脑变得更丰富，生活变得更忙碌。常常有人问我："作为在海外学习的文科博士生，你们每天进行的研究和实践究竟有什么价值和重要性？"初次遇到这样的问题，我不禁语塞，不知从何说起。

新闻学研究本就具有海纳百川的特点，又兼具理论性和实用性，所以，自硕士阶段起，每天就要面对哲学、社会学、人类学、心理学、语言学、修辞学、符号学，以及政治、经济、文化、历史、互联网等各个方面浩如烟海的知识，总不免因为顶不住的压力和疲劳而畏惧、退缩：这么多抽象的内容，现在将来，于己于人，如何发挥作用？多年之后，靠什么技能养活自己？而此时，同学小令总会鼓励我："坚持下去，一定有意义。"

虽然已远离故土多年，祖国的印象却并未因为时空交错而变得陌生。相反，学校里与日俱增的中国留学生，职场上对汉语专业教师愈发强烈的需求，超市里越来越丰富的中国造商品，报纸上越来越热的中国问题，使我感受到祖国无处不在的影响力。这是漂泊忙碌中最令人兴奋的事。

玛塔女士是一位律师，曾旅居中国多年，对东方文明有着深厚的感情，在马德里的华人圈里大名鼎鼎。她为人大方、热情，逢年过节常常邀请大家去家里聚会，满屋的中国家具及饰品，总是让人产生宾至如归的感觉。作为社会名流，她平时总是不苟言笑地出席各种高层会议，而每当和我们谈起中国文化时，她却像个追星少女一般认真、虔诚，毫不掩饰自己的激动和兴奋。

我的导师致力于跨文化交流研究，对东方文明非常感兴趣。在一场电影研讨会上，他为我们播放了根据美国女作家、普利策新闻奖、诺贝尔文学奖得主赛珍珠的作品《大地》改编的同名电影。除了对现实细节真实细腻的重建，影片的每帧每秒都表现出一位旅华外国作家对中国人朴实、勤劳、坚韧、乐观性格的深刻洞悉和由衷赞美。

一部20世纪30年代的好莱坞电影，竟如此真切而全面地向世人诠释了大洋彼岸那个古老东方文明的伟大灵魂，并在刚刚经历大萧条的新大陆上引起了巨大共鸣和广泛赞誉。

通过文化交流，人与人沟通中的刻板印象、偏见和歧视是可以消减的。我们的研究在不久的将来就可以运用到不同文明之间的交流与对话中。而我们每一个人，无论肤色，无论国籍，无论性别，无论阶级，其实就是一扇窗户，一张名片，可以凭自己的努力，向世界描绘自己祖国的理想和现实，过去与未来。

梦，就在天涯海角，等待着我们心血来潮。

凭风望海

葡萄牙，里斯本。

皮肤黝黑、梳非洲辫的混血女服务生举着托盘从人群里挤出一条缝，轻快娴熟地把盛装意式浓缩咖啡的白瓷杯和冒着热气的焦糖玛奇朵蛋挞放在了我面前的小圆桌上，然后回眸一笑，未待我回过神来，就消失在了对面的廊柱之后，只剩下餐盘里升腾而起的香气。

深秋时节，淅淅沥沥的小雨刚刚光顾过这个位于亚欧大陆边陲、濒临大西洋的老城，虽然已是正午，雨过天晴，空气里却依然透着些许寒意。人们踏过被岁月打磨得圆滚滚、又被雨水冲洗得光溜溜的人行道上那些老旧骨牌似的乳白色方砖，纷纷挤进这家向来就门庭若市的百年老店避雨，指望就着咖啡和甜点来打发周末一下午的光景。

看着正挤在柜台前，一手捏着地图，一手握着雨伞，抖着身上水珠的那些金发碧眼的游客，以及他们身后门槛外眼巴巴向里窥视的人，我深深庆幸，自己来得还算早，慢慢端起杯子，嘬了一口咖啡。温热的液体滚落咽喉，泡沫爆裂的同时，苦中回甘的香气充满了整个口腔，就着这股苦味再咬一大口蛋挞，饱满的、充满了香甜酥脆滋味的幸福感顿时油然而生。

据说，过去的人用蛋白来为服装上浆，而剩下的蛋黄则被手巧的修士制成美味甜品。自从1837年起，这只能被少数人享用的神秘点心，渐渐和贝伦区热罗尼莫斯修道院旁边这家饼店一起，变得家喻户晓、扬名四海，这里就再没有清净过。

如今，临街的一整排店铺都被漆成蓝白相间的颜色，显得清新明快，如大海般豪爽。宽大的后厨和餐厅只隔着一面玻璃幕墙。幕墙后面，戴着船形帽、穿着白色衬衣、系着蓝色围裙的学徒们正井井有条地和面，擀皮，冲压，脱模，灌浆，装盘，仿佛在表演。老成持重的大厨在伙计们的帮助下，从一人多高的不锈钢炉柜里抽出一张张桌面那么大的托盘，上面全是刚刚烤好的成品蛋挞，金灿灿似元宝，看得人垂涎欲滴。

品尝过百年老店香酥甜美的正宗葡式蛋挞，沿着骨牌般的碎石铺就的小路，乘着叮当作响、摇摇晃晃的老电车穿行于街头巷尾和码头海滨，不难领略圣·乔治城堡的高傲，圣母玛利亚教堂的华丽，热罗尼莫斯修道院的神秘，商业广场的宏伟，贝伦塔的精致……

除此之外，到了里斯本一定要去寻找两个人，一个是恩里克王子，一个是古本江先生。故人未远，在这座不大的海滨城市，处处都有他们的痕迹。虽然一个生活在古代，一个生活在现代；一个是政治家，一个是商人；一个是主人，一个是客人。身份差异那么明显，但他们却用人性中最光辉的无私与慷慨，共同铸就了这座城市，乃至于这个国家文化的硬实力和软实力。同时，也在全人类开拓进取的道路上留下浓墨重彩的一笔。

当我驻足于"大航海时代"纪念碑脚下时，真正的震撼无以言表。

1960年，葡萄牙人民为纪念恩里克王子逝世500周年以及葡萄牙开拓海洋的辉煌历史，在茹特河畔树立起一座面朝大海的石碑。其外形如同一艘乘风远航的大船，气势恢宏，站立在船舷的人物被雕刻得栩栩如生——船头是手握模型帆船，抬头远眺的恩里克王子，身后是航海家、将领、造船工匠、传教士和科学家。不同角色，不同职业的人，在这位雄才大略的君主的带领下，共同托举起欧洲人向海洋进发的梦想。

15世纪上半叶，葡萄牙航海发现取得的成就震惊欧洲，这和恩里克王子的雄才大略密不可分。他不仅亲自参与了帆船的改进，并广纳良才，还在萨格里什创建了人类历史上的第一所航海学校，专门教授航海、天文、地理知识。

从此，葡萄牙人在海洋上越行越远。1460年，恩里克王子在自己的航海基地逝世。他生活简朴，终身未娶，将毕生的精力都献给了海洋探索事业。从此，每一个参与欧洲"地理大发现"的人，无不沿着他的足迹前进。

600多年前，海洋对于欧洲人来说，既神秘、凶险又充满了诱惑。水天之际，视野极限，究竟是丰饶之地还是万丈深渊，只能靠欧洲大陆边陲这个弹丸小国的探险家们的数片孤帆去验证。

1969年，当美国宇航员阿姆斯特朗登上月球时，他知道，身后是上亿人期待的目光和无数精英科学家的全力保障。而古代的水手们却仅能依靠有限的经验和无畏的勇气，迎着暴风骤雨，饱受风浪颠簸，向未知世界发起挑战。眼前的这座纪念碑就像一座祭坛，所供奉着的不仅仅是一尊尊人像，不仅仅是在惊涛骇浪中献身的勇士，更象征着全人类勇往直前、挑战极限的进取心。

如果说，恩里克王子带领葡萄牙人民书写了一部壮丽的航海史，奠定了这个民族迈向世界的硬实力，那么一份意外的馈赠，则为这个国家注入了宝贵的精神财富。

大名鼎鼎的古本江基金会深藏于里斯本市中心的古本江公园中，被郁郁葱葱的林木所掩盖，要不是司机向我指了指路边并不起眼的站牌，也许，我就不慎错过了。

步入公园，眼前豁然开朗——潺潺流水，燕语莺声，仿佛误入桃花源。曲径通幽之处，古本江博物馆、美术馆、当代艺术馆、基金会大楼一一映入眼帘。

我没想到，这样享誉世界的国际性机构，竟选择以如此低调、与世无争的态度示人。就如同1955年的那个夏天，葡萄牙人也不会想到，一位安居里斯本某家老旅馆十几年的86岁的神秘客人寿终正寝，却将十八亿美金的遗产捐赠于葡萄牙政府。随后，以他的名字命名的基金会横空出世。半个世纪过去，它发展为世界上最大的基金会之一，其资金相当于葡萄牙每年投入到教科文领域的二分之一，被誉为葡萄牙的"第二文化部"。

公园一角，是古本江先生的铜像，他正襟危坐，背后雄鹰矗立。我抬头瞻仰，仿佛又看到那位二十世纪初奔走于波斯湾，游说列国开发石油，从每个专案中抽取股份百分之五作为报酬的"百分之五先生"。

百分之五，之于整个波斯湾的财富，无疑是一笔巨额回报。坐拥亿万资产，古本江先生没有享乐、挥霍，而是想推动教科文艺及慈善事业。他看中了里斯本人的宁静朴实、热情好客，最终将这里定为一项造福人类的高尚事业的起点，其伟大的人格也因此代代延续，永世流芳。

千里之外，富饶的波斯湾借着其"黑色黄金"滋养着现代工业社会的物质文明，也因此卷入纷争，硝烟弥漫，战火绵延。相较之下，当年的这位"石油外交家"选择了欧洲大陆尽头的这块净土，在风烛残年，以一己之力，承担起滋养现代精神文明的重任，令人感慨。

生于巴蜀的我，从小就向往"问道青城山，拜水都江堰"的境界。古语有云："智者乐水，仁者乐山；智者动，仁者静；智者乐，仁者寿。"山水相伴，动静交融，宇宙万物之玄妙，令人赞叹。里斯本也同样是有山有水，坐落在里斯本北郊的辛特拉山峦起伏，植被茂密，既是里斯本的属地，又是葡萄牙的第二大城市中心，从11世纪起便一直吸引着世人的目光，被大诗人拜伦誉为"伊甸园"。

我感到十分惊讶，在这巴掌大的海滨，怎么一下子聚集了那么多世界文化遗产？苍凉孤傲的摩尔人古堡、色彩斑斓的佩纳宫、雍容华贵的塞特艾斯宫、造型奇特的辛特拉王宫，好似闪闪星辰坠落凡间，化作璀璨的宝石，散布在一片翠色之中。

摩尔人古堡历史悠久，盘踞山巅，俯瞰小镇。公元8—9世纪，阿拉伯人占领伊比利亚半岛期间，破土开荒，垒石凿井，苦心经营起这座极具战略价值的要塞。古堡中厚重的城垛，高大的碉楼，自成一体的后勤供应系统，应有尽有，只要关起城门，就绝对是易守难攻。

与摩尔人古堡遥相辉映的，是十九世纪凝聚着葡萄牙女王玛利亚二世与丈夫斐迪南智慧与心血的结晶——佩纳宫。佩纳宫集摩尔、哥特、文艺复兴、新古典主义、浪漫主义建筑风格于一体，其婀娜身姿和缤纷色彩是如此耀眼夺目，以至于之后迁居此地的王公贵胄、商贾巨富竞相模仿，兴建官邸宅第，终于登峰造极，将此处打造成欧洲浪漫派建筑的中心，并且对后世产生深远影响。

站在佩纳宫露台上可以遥望对面山头的摩尔人城堡，仿佛听到两座古迹正展开着一场穿越时空的对话。绝岭雄风是如此壮观，而森森白石，青苔斑驳，却又是那样苍凉。鼓角争鸣、刀光剑影随着残垣断壁永远沉睡，游吟诗人吹起长笛，雕塑家紧握刻刀，画家撑起画布，小贩朗声叫卖……好似无数清泉叮叮咚咚汇成涓涓细流，激情洋溢地再次涌入历史的长河。

微风拂过，青山依旧在，几度夕阳红。

继续西去，遇危崖临海，危崖之上，一座孤碑顶起十字架，守望着苍茫的大西洋，这里是罗卡角，俗称欧洲之角。在凛冽的海风中，我终于走到了旅途的终点，也是亚欧大陆的尽头。

石碑上，铭刻着葡萄牙古代诗人卡蒙斯写下的文字：大地在此结束，海洋从此开始。

五百年前，对于还不知道地球是圆形的人们来说，这里就是天涯海角。大地是否真的在此结束？自此扬帆远去，会成为经验丰富的船长，还是失魂落魄的水手？

蔚蓝的大海无边无际，翻卷的浪涛拍打崖壁，呜咽低鸣。

路漫漫其修远，我求索的答案，就在脚下，就在前方。

驰骋在加勒比的小岛上

我非常喜欢电影《肖申克的救赎》里的一个场景——主角安迪历经苦难逃出炼狱后，穿着干净的衬衫，一只手靠着车门，一只手握着敞篷老爷车宽大的方向盘，行驶在海滨公路上，惬意地微笑。

我一直期盼着有一天，自己也能够像他一样潇洒，哪怕只持续片刻而已。没想到，这个愿望竟然在古巴实现了。

古巴，从地图上看像一条跃出水面的海豚，但更多人认为它像一条鳄鱼，古巴人偏向于更具有阳刚之气的后者。高速公路旁的一张巨幅宣传海报令我印象深刻，画面上端是一只坠落的老鹰，老鹰尾部的羽毛被漆成了星条旗的颜色，画面下方匍匐着一条鳄鱼，其调侃之意显而易见。

身临其境之前，我觉得古巴只不过是一个不自量力的小国，一定像电影里拍摄的非洲一般——饿殍满地、残垣断壁，衣衫褴褛的战士举着AK47，坐着皮卡呼啸而过。直到真正在这里生活、学习后，才为自己的肤浅感到汗颜。

古巴其实是一个从"大航海时代"开始就参与了人类近代化进程中几乎所有重大历史事件的国家——"地理大发现"、殖民、传教、英西争夺海洋霸权、美西战争、重新瓜分殖民地、黑奴贩运和移民、苏俄崛起、导弹危机、美国称霸……

满大街的老建筑仿佛都在诉说着历史——西班牙人经营的旧城和要塞，英国人修建的别墅和宫殿，按照美国议会大厦的样子复制的小国会，时髦的希尔顿酒店，具有强烈苏式风格的俄罗斯大使馆……

古巴的路桥系统历史悠久且都颇有渊源。随处可见殖民时期西班牙人铺就的石子路，伴随着蹄声铃响，复古的观光马车驶过，把思绪带回古代；也可以感受傀儡政权受美资协助经营的交通设施，如加油站和省际公路两边的美式汽车旅馆；还可以发现冷战时期由苏联扶持兴建的深入基层的乡村便道，蜿蜒蔓延，连接起无数个农场和种植园。

而哈瓦那湾海底隧道、中部国道、巴古那亚瓜大桥和法罗娜高架桥是他们引以为傲的交通工程杰作，历经风雨几十年，如今仍在发挥着关键作用。

古巴的道路很窄，最主要的中央公路是双向四车道，道路保养也不尽如人意。但是，在古巴驾车却是一种享受。除首都和重要城市的交通干线车辆较多，绝大多数道路上都是人烟稀少，路旁风景却十分惊艳——车窗外是无尽的翠色，成片的大王椰子树和灌木构成了绿色的海洋，槲寄生和藤蔓绽放出的大片鲜艳花朵犹如粼粼波光，正前方的地平线划出碧蓝的天幕，点缀着朵朵白云。任何一个驾驶者都会陶醉在这样的梦境里，却又时不时被旁边呼啸而过的乡村老爷车的发动机轰鸣声和驾驶室里传来的震耳欲聋的雷鬼音乐唤醒。

说古巴是个天然的老爷车博物馆，丝毫不为过。然而，和博物馆里陈列的模型大不相同——伴随着引擎的轰鸣，奔驰、福特、道奇、威利斯、凯迪拉克、吉姆、嘎斯、拉达、菲亚特等来自不同国家、不同时期的各式名车从历史里复活，会从你身旁呼啸而过，让人眼花缭乱。

这些车辆见证了每一个时代，正是由于特殊的历史政治经济原因，他们今天还行驶在道路上。如果你是一个汽车爱好者，随便站在哈瓦那一个十字路口都可以大饱眼福——发动机盖上顶着备胎的老路虎、背着油桶的威利斯MB、小巧玲珑的MINI COOPER、线条别致的1966型甲壳虫、阔气张扬的1960型庞蒂亚克……

这些以往只能在电影中看到的属于巴顿将军、憨豆先生、印第安纳·琼斯、兰博等人的坐骑，就这样活灵活现地展现在你的眼前。而你只需要招招手，它就会停下来，带你切身地体验一把。

古巴人对老车十分钟爱，对于上了年纪的人来讲，老车不仅是一种代步工具或一种生存手段，更是一种情结、一种怀念、一种生活态度。

有一次，我包车去机场送人，下楼一看，一辆粉色的老爷车停在门口，一位上了年纪的司机穿着干净整洁的条纹西装，套着背带裤，戴着白手套，正在打扫后备厢。当初，我误以为他开的是凯迪拉克，后来才知道，原来这车是从苏联进口的吉姆——要知道，在20世纪50年代，它可是中苏高级领导人的座驾，客舱里还专门增加了一个折叠座椅供翻译或警卫员使用。这始无前例的超豪华乘坐体验，居然在古巴轻易实现了。

老人恭敬地递给我们一张名片，上面彩印着这辆车的形象，背景是哈瓦那国会大厦。老人得意地向我们展示它的全套真皮沙发、空调、电台、遥控车窗，看得出来，这辆车受到了精心的保养，内部也做过现代化改装。

在古巴生活了五年，这是第一个把我"雷倒"的古巴私营出租车。我开玩笑道："这辆车不去参加汽车选美大赛，太可惜了。"

没想到老人郑重其事地回答我："三十多年来，这辆车参加过各种比赛，帮我赢得过很多大奖。其中最值得一提的有两个，第一个是全国老爷车改装比赛冠军，第二个是我今天的结发妻子！"

本来是送我和朋友去机场，老人却顺便捎上了全家，车内只有两排座椅，却宽敞得很，足以容得下我们、老人的妻儿以及抱着孙女的儿媳。一路上，老人的脸上洋溢着自豪和满足的表情，看到全家人其乐融融，我也可以感受到他心中那幸福的滋味……

浮华和沧桑过后，是我们今天看到的厚重沉淀，而这种沉淀又随着古巴的经济改革焕发出新的活力。

2012年，古巴的私人运营出租车执照恢复发放，许多司机将车辆加以改装，用作出租运营，有固定线路且收费低廉，去同一目的地的人可以自由拼车，也可以在途中上下车。古巴人称其为Máquina。在这里，做一名Máquina司机一度算是不错的职业，合伙拼车的方式被广泛接受，是普通老百姓和留学生们的最佳选择。

我就常常乘坐这种出租车，那强劲的动力让人觉得非常拉风，几吨重的大家伙以100千米的时速跑在路上，这种感觉是在现代小轿车上体验不到的。

为了营运需要，车主通常都要对车辆进行内部改装。吉普车的后车厢是由钢管焊接一个骨架，蒙上帆布或塑料布；而轿车多半是再增加一排座椅。绝大多数Máquina可以说就是车架、弹簧、轮子、发动机、外壳、沙发座椅构成的结合体。虽然沙发蒙布破裂，车窗摇把失踪，而且没有空调，靠行驶时的气流降温，所有的司机却都不会忽略一个关键设备——音响。

仪表盘的旁边，是改装嵌入的DVD，有的居然还有USB插口，直接连接U盘，后排沙发的下面就是重低音喇叭。古巴人是爱好音乐的民族，当震耳欲聋、节奏感强的雷鬼音乐响起，乘客们便忘记了拥挤，开始和着节拍哼唱扭动，就这样挤着并快乐着，满脸愉悦地前往目的地。

由于常年遭受封锁和制裁，这里所有的高档车都停留在了20世纪的历史和回忆里，慢慢变成了今天的老爷车。新旧世纪交替之时，新车好车更是极度缺乏，为数不多的那些都集中在使领馆、外国常驻机构，连政府部门都只使用俄制拉达车。近些年，随着市场的逐渐开放，老爷车开始逐渐退出历史舞台，取而代之的是更先进、安全、舒适，但少了几分情调的新车。古巴的交通和车辆正在渐渐告别过去，迎来一个新时代。

如果有一天，你决定暂时摆脱工作的烦恼和尘世的纷扰，就趁着古巴老爷车还没消失殆尽前前往加勒比，找到自己心仪的座驾，沿北部公路行驶吧。

戴上墨镜，点燃雪茄，放下顶棚，在夕阳中沐浴着加勒比清新海风的那一刻，那种自由的感觉会让你终身铭记。

寻欢作乐小时光

热辣奔放、天性浪漫的西班牙人大多懂得享受生活，自然也是深谙美食之道的。加利西亚危岬临海，渔人们精心挑选着虾蟹扇贝；拉·里奥哈阳光充沛，葡萄美酒挂满了剔透的水晶杯；塞戈维亚林密草鲜，乳猪被烤得外酥里嫩；瓦伦西亚稻香鱼肥，平底锅上演绎着丰盛的杂烩……

然而，大音希声，大象无形，太多的特色，反而扰得人看不清特色，太多的选择，反而就成了没有选择。所以，在伊比利亚半岛居住了这么久，品尝了这么多，我却越来越怀疑自己究竟有没有能力找到一种食物，将根植于这莽莽高原之上的古老文明的灵魂加以优雅地诠释和精确地概括。

终于，在人流穿梭的老街，光影流动的酒肆，我邂逅了塔帕斯，这盘中珍馐，仿佛是躲藏在花丛中的仙子，鲜艳，灵动，幻化无穷。

塔帕斯的本源，其实十分粗鄙，就是"盖子"的意思，可围绕这小小的盖子，却藏着讲不完的故事。历朝历代，无论是市井俗夫还是达官显贵，都想和它扯上点关系。

那还是在中世纪，国王阿方索十世常年暴饮暴食，终于损伤了肠胃。医生忧心忡忡，建议他适当节制，可国王却大发雷霆。是呀，食色，性也，填不饱肚子，就安不了心，你这小小的奴仆是有多大的胆子，岂可忤逆一国之君？忠勇又智慧的医生灵机一动："那，您就少吃多餐吧……"

于是，那铺满桌子的大鱼大肉被换成一种优雅含蓄、纤细精美的造型——薄如蝉翼的火腿、晶莹油亮的橄榄、细若发丝的香草，错落有致地堆叠在巴掌大的法棍面包切片之上，刚刚覆盖住雪莉酒的杯沿。一小口层次丰富的美味，一小口醇馥浓郁的佳酿，那也是不错的享受。

日渐康复的国王终于理解了医生的良苦用心，更急于与民同乐，就命令全国所有的酒吧但凡出售酒水，就得附赠一份塔帕斯。这是个皆大欢喜的故事，当然，传说还不止如此。

当天主教双王强强联合统一了西班牙，百姓们终于盼来了难得的太平与安宁。谷物开始堆满仓廪，琼浆开始溢出酒瓶，吃饱喝足的农夫们居然开始借着醉意聚众斗殴，驾车纵马，无端肇事。于是国王下令，所有店家在贩酒的时候，必须搭配寒凉的食物，中和酒精的燥热。

当阿拉贡国王费尔南多二世出访加迪斯，经过圣费尔南多时，在当地一家小酒馆歇息，这里蚊蝇飞舞，略显脏乱。颇有涵养的国王向店家索要了一杯红酒，并请他用一片香肠盖住杯口。店家很客气地照做了，他恭敬地呈上国王的食物，还说了句："陛下，您的塔帕斯（盖子）。"后来，店主因为服侍有功被赐任税吏，而"盖子"也因此流传开来。

这样看来，塔帕斯多少也算一种离不开皇族气息的世俗食物。历朝历代，庙堂之上，市井乡野，都流传着它的故事，根本不需要一家历史悠久的豪华餐厅，或一个响彻天下的专利品牌去自我标榜，却无声地渗透到日常生活之中。

盖子虽小，学问可大，在西班牙，塔帕斯千变万化，仅按地区或名字，就可以数出上千种。严格地讲，所有不超过杯口碟碗大小的小吃或下酒菜，都可以算作塔帕斯。从烹饪手法上看，又常常可以分为生冷和熟热两类。论食材构成，分为肉类、海鲜、蔬菜、酱汁等。

作为餐厅和酒吧的看家食物，塔帕斯永远都像模特儿一般，坚守在离客人最近的橱窗里，从早到晚。当客人点起一杯酒，侍者就要将其取出，迅速成型摆盘。所以，食材必须新鲜可靠，便于加工移取。那些太娇贵和太野蛮的食物都难以胜任。

品相较好的塔帕斯，一般呈球形或块状，不超过巴掌大，用两根指头就能轻易夹起，因此，它不能流汤滴水，不能结构松散，不能体积庞大，不能过硬易碎。即便是用碗盛放，形制也有规矩。

作为冷餐的塔帕斯，一般都是在饼干或法棒切片制成的底座上，堆叠鱼虾、肉类、奶酪、蔬菜等食材。这底座就承载了盖子或盘子的职责，而上边的各种美味，负责炫耀摆盘的艺术和满足你挑剔的味蕾。

法棒必须由当天一早现揉现发的面团烤制，外壳焦黄薄脆如蛋壳，内瓤蓬松柔软如鹅绒。伸出你的拇指来，轻轻一抠，咯吱作响，微微一捏，细纹崩裂。就这样将它按在宽大的砧板之上，抽出带齿长刀，斜拉下去，带出食指厚的椭圆薄片，这算是第一步。

如果说回锅肉是川菜的代表，那么，伊比利亚火腿就是西班牙菜的主角之一，塔帕斯的盛装舞会自然少不了它。在半岛中部气候温和、森林密布的丘陵地带，黑蹄猪吃够了天然橡果，自由奔跑。取其健硕的美腿，撒满海盐腌渍，再洗净、风干、脱水，最后藏入地下发酵，时间可达四年之久。食用时，需由经验丰富的厨师妥善切割。好的火腿，薄如蝉翼，红如玛瑙，晶莹剔透，入口即化。

在面包基座上垫一片多汁的西红柿、脆嫩的黄瓜或香滑的奶酪，作为色彩的过渡，这算是第二步。

然后，加冕一般安置好舒展或卷曲的火腿片，这算是第三步。

罗勒、香芹、橄榄、紫苏、迷迭香都可用于画龙点睛的装饰，切那么一小点，要么自由挥洒，要么用竹签穿起，插在最高处，如同无敌舰队的樯橹，这算是第四步。

精心挑选陈年佳酿，妥善搭配，这算是第五步。

看一家餐厅功底有多深厚，历史有多悠久，大概就可以看它有多少种塔帕斯，以及多少种与之协调的美酒佳酿。

肥美滑腻的烟熏三文鱼裹上芦笋和蛋黄酱，油光四溢的金枪鱼碎末垫起腌渍红椒，鲜香红润的西红柿酱拌着筋道弹牙的牛肉末，晶莹剔透的鱼子酱铺满了嫩黄翠绿的牛油果……

第六步，第七步，幻化为无尽的创造与逍遥的享受，一个美食的新世纪就这样到来。

相比之下，熟热的塔帕斯更是多不胜举——腌渍的章鱼，油炸的青椒，爆炒的虾仁，烘烤的肉肠，浇汁的肉丸……盛放在暗红的陶瓷小盘中，召唤食客们大快朵颐。

马德里与塔帕斯有关的餐厅实在是太多，每一家都有自己的历史和特色。德都安街拉布拉之家那张摆着鳕鱼可乐饼的小桌，见证了西班牙社会工人党的横空出世；维多利亚街外公之家的蒜蓉焗大虾永远是香气四溢；阿多查火车站旁的耀华看似平民化，却始终保持着经典的口味和技艺；阿尔卡拉街的多卡玛，是每个赛季球员和球迷们狂欢的必经之地……

古典与现代，传统与流行，高雅与世俗，因为人人向往的美味，就这样融合在一起。

当秋风拂过马德里的拉瓦皮耶斯，在这见证过犹太人迁徙、聚集、流浪、回归，见证过多元文化融合、时代变迁的古老街区，聚集起来自全世界的大厨和食客，共享一场饕餮盛宴，庆祝属于塔帕斯，属于美食，属于所有热爱生活的人们的盛大节日。

自此，西班牙不再属于塔帕斯，塔帕斯也不再属于西班牙，它就像摩西的族人一样，跨越国境，穿过大海，撒向全世界。

还记得"食神"周星驰曾经说过——只要用心，人人都是食神。

一种看似不登大雅之堂的世俗小吃，一种不争门第流派的普通食物之所以源远流长、家喻户晓，竟至化身无冕之王，或许，正因为它就像这个自古以来就被广袤的海洋孕育和吸引的古老民族一样，真实而包容，风风雨雨，皆是味道。

兰萨罗特的驯龙人

庞培古城的火山罹难者铸像是那么震撼人心，以至于从小就在我脑海中烙下过深深的阴影。随着公元79年8月24日维苏威火山的一声怒吼，无数曾经在别墅、澡堂、商铺、酒肆、剧院、磨坊、港口奔走，劳作，休憩，娱乐的鲜活生命，就这样被滚滚热尘所掩埋。

千年之后，经过考古学家之手，那些被埋藏在地底的壁画、雕塑和与石膏融为一体的人畜遗骸终于重现天日，千年前的生命逝去一瞬间的形态就这样永久定格，栩栩如生地呈现在世人眼前——越是平凡无奇的造型，越是让人真切地感受到什么叫无常，无助，恐怖，绝望。

所以，火山一度是令我敬畏的，象征着暴虐的能量、危险和死亡。之所以这样看，大概是因为我从来不曾真正了解过火山。

2015年初冬的一个周末，马德里，慵懒的阳光洒在阳台上，客厅里播放着综艺节目，节目中的一个话题忽然吸引了我的注意力——"世界上最危险的烧烤在哪里？"

当主持人说出答案——西班牙兰萨罗特时，我脑海中一片茫然。要说来这里生活快两年了，也曾附庸风雅地拜访过许多知名景点和历史遗迹，此时此刻，却无法在地图上标注出它的具体位置，甚至于对这个地名根本就没有印象。

伊比利亚人的血液里还包含着拉丁文明粗犷豪放和贪图享乐的基因，因此，常常坐拥优质的海滩、峡谷、森林、古堡、小镇、酒庄，却从来不广泛宣传。一方面是忙着自己消费，不屑于聒噪，另一方面是这些年经济不景气，年轻人外出打工，资本外流，好多景点和产业都处于半休眠状态。

普通人不了解倒也情有可原，然而，对一个号称热爱旅游、摄影、美食的行者来说，无知则不可容忍，更何况——火山烧烤——听起来是那么令人跃跃欲试。

于是，我迫不及待地打开地图。

西班牙除了拥有位于欧洲边陲伊比利亚半岛之上的本土以外，还有一些散落在大西洋、地中海和北非的领土。其中，赫赫有名的一大群岛便是加纳利，其中最东北部也是最靠近撒哈拉的一个岛屿即兰萨罗特，形成于大约三千五百万年前（非洲和美洲大陆板块分裂之后），为加纳利群岛的第四大岛。

当航拍照片一点点放大、清晰，前所未见的景象令人眼前一亮——这里荒凉贫瘠，满目疮痍，仿佛一整颗太空中的陨石或是火星表面，到处被红褐色、深黑色的火山岩包裹着，点缀着少许突出的火山口。

奇特的造型让我眼前立刻浮现出这样的画面——《尼伯龙根之歌》中那只面目狰狞恐怖、皮肤粗糙干裂的黑龙展开翅膀，挥舞利爪，盘踞在宝藏之上，鼻孔里喷出热气，一声尖啸，吐出熊熊烈火……如此炫酷，如此神秘，强烈吸引着我身临其境，一探究竟。

经过两小时的飞行，航班落地，到达时已是深夜。

一出机舱，海风扑面而来，夹杂着一丝硫黄的味道。深入龙穴的历险就这样开始了，伙伴们互相开着玩笑："要是登岛这几天火山突然爆发了怎么办，我们得事先预备条船好撤离啊。"

夜幕中，沿着滨海公路走向阿雷西费，那里是兰萨罗特岛的首府。除了来自道路两旁和远处城镇的稀稀落落的灯光，四下一片漆黑，浪潮冲刷堤岸，海风拂过棕榈叶的声音从黑暗中传来，好像沉睡的巨兽在有节奏地呼吸。脚下是公路边炉渣般的红洞石铺就的隔离带，充满气泡空洞的碎石被压碎的一瞬间，发出咯吱咯吱的声响。抬起头，深邃的夜空上点缀着无数繁星，宇宙之广阔浩瀚，令人浩叹。

午夜的阿雷西费安详而寂静，街上没有一辆车，行人也少得可怜，海滨大道旁的酒吧也都早早打烊了。旅馆前台值夜班的栗发小妹热情地接待了我们。

一觉醒来，已是暖阳高照。推开窗，我第一次清楚地看到了这个火山岛的真容——窗下，一半是碧蓝的海，一半是蜿蜒的岸，几条狭窄的街道交错汇集，一片低矮的建筑群落散布在道路两旁，房屋和院落的外墙多被漆成白色，在蓝色门窗的点缀下显得干净整洁。

城市很小，以至于稍稍抬头就能看见其边缘处红褐色的荒漠。向西极目远眺，一座座火山躲在还未散去的雾气中，只有轮廓若隐若现。1730年前后，位于岛屿西部约两百平方公里范围内的一百多个火山口同时连续喷发了六年，形成了如今的地貌。

其实，早在古罗马时期，兰萨罗特岛就已被人发现——毗邻欧洲，紧靠非洲大陆，面向大西洋，进可攻，退可守，这样特殊的地理位置决定了这里注定要成为雄才大略的航海家、征服者掌控大洋、征服世界的中转港口和补给基地。

15世纪，西班牙人将其占领，面对火山活动的威胁和海盗匪徒的骚扰，他们一代代苦心经营。那些巨石堆砌的码头、堡垒、防风墙、水渠，尖塔高耸的哨塔、教堂，便是兰萨罗特人几百年来在此夹缝中求生的证据。

1974年，西班牙政府决定，专门开发和扶持兰萨罗特，发展以火山景观为主导的旅游业。出生于本岛的著名特种工程艺术建筑大师凯撒·曼里克提出，发展旅游业必须以保护火山景观原貌为指导思想，禁止兴建任何可能破坏火山自然景观的建筑物。为此，他亲自主持了蒂曼法亚国家火山公园、罗斯贝德斯火山岩洞、哈迈奥斯火山水洞、仙人掌公园、里奥观景台、黑利亚葡萄园、高尔夫海滩等七大景点的设计和建设。同时，政府颁布了一系列严格保护火山地貌和生态环境的法律——禁止向火山公园地区移民；汽车只能在公园里唯一的两个景点处停留，避免造成交通阻塞。

要在火山口修建房屋是很困难的，不能向下深掘地基，只能在玄武岩层搭建一个基础结构，支撑上面的玻璃和砖石建筑，因此，可以说，这里唯一的餐厅就是悬空于火山口之上的。餐厅是一个圆形建筑，远远看去，像一架卧在火星表面的太空船。餐厅外有两层台阶，在最底层台阶上，有一个像火山喷口一样的石坑。在餐厅旁边的高层台阶上，有很多红色金属管子露出地面。地面是冰凉的，然而，就在我们正下方的岩石深处，却是四五百摄氏度的火山岩浆。

作为"见面礼"，工作人员铲起很多红色小石子，仿佛挖到了什么奇珍异宝，得意地向我们炫耀。好奇的游客一定会靠近围观，于是，他"慷慨"地捻起一颗放到游客手心。这些石子来自于底层台阶的石坑，看起来毫无异样，可温度极高，一旦触及手掌，立刻令人感觉到一阵灼烫。小小的恶作剧令游客们嗷嗷尖叫，早就知情的导游则站在一旁哈哈大笑。

石坑直径约2米，中间有一个直径约1米的火山喷口，呼呼冒着热气，石坑旁边码放着很多捆干草，工作人员时不时用叉子叉起一捆，投掷到石坑里，喷口处200—500摄氏度的高温会迅速将稻草引燃，如同恶龙正在喷火。

高层台阶的地面上，分三组排列着8个铁管，管子插入地下的空洞，空洞连接着地下的活火山。工作人员提来一桶水，一点点地倒入管子里，水在下落过程中被迅速加热，又带着剧烈的尖啸声，化作一股水柱向上喷射而出，一股巨大的喷泉就这样形成了。

在餐厅与厨房之间的墙壁上贴着一只小鬼，手持钢叉，伸展着长长的尾巴——这就是蒂曼法亚国家火山公园的标志，也是恶魔餐厅的标志。这儿的特色菜品当然是烧烤，可燃料不是煤球，而是火山喷出的热气！

烧烤屋就像一只放大的圆形壁炉，地板上有一层金属蒙皮，穿着胶鞋踩在上面，感觉脚底仿佛都快要融化了。稍稍靠近炉口，就感觉到一股热浪扑面而来。烤鸡、烤兔、烤虾、烤肉串被整齐码放在几张巨大的铁架上，悬空于炉口之上。这些烤肉是事先腌渍过的，被火山口的热气自然加热，发出吱吱的声响，水分和油脂慢慢析出，佐料的味道被充分吸收。

因为是统一烤制，所以上菜速度很快。烤鸡鸡皮很脆，鸡肉嫩而不腻，配上烤过的红薯、西红柿，口感十分好。在火山口就餐，让人感觉特别干燥，不时想饮水。而水却需要专人运输上山，十分珍贵。

就餐完毕，烈日当头，口干舌燥的人们自然想找个凉快的地方喝上一杯。在返回阿雷西费的路上，正好经过黑利亚小镇，这里遍布着大大小小的酒庄。葡萄藤居然生长在黑色火山灰覆盖的土壤里！那一点一点新绿，就像散落在黑色绸缎上的璀璨翡翠。

沿着起伏的丘陵和坡地，酒庄主人挖起一排排蓄水灌溉的鱼鳞坑，用石块堆砌起半圆形的防风墙，放眼望去，黑利亚蜿蜒几公里的地面宛若《星球大战》里的外星基地。

酒庄的上层是一排排橱窗，展示着各种美酒。地窖里阴凉透气，巨大的橡木桶一字排开。在露台上撑开阳伞，坐下来歇一会儿，沐着徐徐海风喝上一杯，真是无比惬意。

第二天，我们遇到了一位热心健谈的出租车司机，他告诉我们，岛上有很多火山溶洞，大多数是未曾开发的，而且，随着地质运动还在不断变化，可谓岩洞探险家的乐园。其中有一条溶洞穿过大西洋底，曾被探险家挑战过，据说通往失落的古王国——亚特兰蒂斯。

而经过开发作为景点的岩洞有两个，因为洞顶坍塌暴露出了地下结构，经过曼里克精巧的设计，成为了今天可以供游人参观的景点。

我们怀着强烈的好奇心参观了罗斯贝德斯火山岩洞。从破损的地表开口降到洞口，越往深处走，光线越暗，而四周不时有细微的亮点发出幽幽的白光，借着洞口透进来的微弱光线。我们惊奇地发现，无数通体透白的小螃蟹正趴在溶洞底部的岩石上，潜在宝石蓝色的水洼里，整个洞穴因为它们的存在变得神秘，抬头观望，如同在幽暗而平静的海面上仰望浩瀚无比的星空。

岛屿的北边，有一座700米高的悬崖，河口观景台就在这个悬崖上。但疯狂的司机朋友带大家去了一个普通游客不常去，只有摄影师和冒险家才知道的地方。大家翻过围墙，直接来到悬崖上，这里没有任何保护措施，司机拉着大家往悬崖边跑，向我们指下面的海滩。

我们几乎是一步一步地挪到了悬崖边，不愧是"无限风光在险峰"，站在这里看对面的格拉西亚岛，水天相接，云雾缭绕，雪白的港口若隐若现，宛若天使之城。和罗卡角大不相同的是，这里的危崖之下其实并非礁石和大海，而是绵延的沙滩。

司机对我们说，很多当地人到了周末就背着帐篷，沿着一条不为人知的小路下到悬崖底部，然后升起篝火，大家围着篝火弹吉他，喝酒，聊天，钓鱼，就这样度过一个惬意的夜晚……听起来真是浪漫至极。

正当我们陶醉在幻想中的时候，他又补了一句："当很多人想不开，过不下去的时候，就开着车，从这个悬崖冲下去……"

返回住处的路上，我们沿着蜿蜒盘旋的山路爬上高地，向北遥望，但见由大片白色房屋组成的小镇，它的轮廓竟然像是一个巫婆骑着扫把。司机说，到了夜晚，家家户户点亮灯火的时候，这个女巫形状就更加明显。

原来，这里流传着一个动人的传说：

岛上曾经住着一个善良的修女，常常接济穷苦民众。在火山爆发之时，大多数不能撤离的岛民都会不约而同地前往她所在的教堂寻求庇护。有一年，火山活动尤其剧烈，灾害突如其来，农田被熔岩吞噬，镇子被烈火烧光，小岛一瞬间变得如同人间地狱。眼看着高温岩浆喷着热气一寸寸地向前蔓延，直逼教堂，民众们恐惧万分。这时候，修女穿着白袍，走出教堂，站在汹涌而来的熔岩之前，在众人惊愕的注目中，熔岩乖乖停在她面前……

如果说火山是一只难以驯服的恶龙，那么兰萨罗特的岛民则已经与它较量了上百年，靠火山灰为农作物提供养分，也被熔岩夺去家园和生命。如果传说中的修女是一位令人敬佩的"驯龙高手"，拯救百姓于水火之中，那么，现实里恰恰有一个人是她的真实化身，实实在在地改变了这座岛屿的命运，他就是凯撒·曼里克。

兰萨罗特人的生活本来非常艰苦，岛上没有水源，只有依赖降雨和海水淡化；土地贫瘠，捕鱼和少量的种植业并不能提供日常饮食所需；没有工业，商业落后，一切都要依赖船只补给。火山下的村民更是提心吊胆，时刻提防着火山喷发。按理说，这样的地方，除了重要的政治、军事、交通价值外，并不适合人类居住。

凯撒·曼里克从小就生长在这样的环境里。作为一个深爱家乡的艺术家，他发挥出无尽的想象力和超凡的艺术才华，把这儿能够被改造的一切自然景观都加以精心装饰，使之如同梦幻一般，并使得大自然鬼斧神工的造化与人类的文化习俗融为一体，充满激情地将其推向全世界。

同时，岛上的居民也达成共识，严格保护当地的生态环境。除了老建筑，所有的民居一律不高于三层，全部被漆成白色，靠海建筑的门窗被涂上天蓝色的油漆，靠山建筑的门窗被涂上绿色油漆。放眼望去，但见绿色的仙人掌、乌黑的火山灰、焦黄的土地、白色的房屋、金色的沙滩和蔚蓝的大海完美地组合在一起，构成人与自然和谐共生的绝美画面。

随后，这个干净美丽的小岛被联合国正式宣布为"世界上六个最好的可持续发展岛屿"之一，以及"生态和环境保护最佳之地"。每年，有上百万的游客慕名而来，也带来了大量的资本。于是，完善的海水淡化工厂，先进的火山监控卫星，现代化的交通枢纽，繁荣的贸易就这样一一成就。

从此，兰萨罗特的恶龙真正被驯化，人们就这样靠开发火山、保护火山致富，神与魔，燃与灭，生与死，不再势不两立。

此地于1993年完成了所有景点的建设，成为炙手可热的旅游胜地。而1992年，因为一起车祸，曼里克在自己家门前猝然离世。至今，岛上上至行政长官，下到出租车司机，无不把这样一句话挂在嘴边——

"是凯撒·曼里克给了我们一切，没有他，就没有今天的幸福生活。我们感谢他——勇敢的驯龙人，兰萨罗特的儿子。"

流浪的本意

阳光优雅地漫步旅店的草坪，

人鱼在石刻墙壁弹奏着竖琴，

…… ……

马德里不可思议，突然开始想念你，

我带着爱抒情地远行……

这是一首年轻人们耳熟能详的歌曲。在遥远的西班牙，有一座洋溢着浪漫气息的城市马德里，值得所有追求真爱、自由的人的期待和憧憬。

至今还清晰地记得，很多年前，当我刚到西班牙时，在马德里康普顿斯大学参加一次跨文化交流培训，老师向来自世界各地的学生们提了一个问题——对于你而言，什么最能够代表西班牙？

"斗牛、足球、弗拉门戈！"坐在第一排的几个男孩子身穿图案花哨的运动外套，不假思索，脱口而出。年逾七旬的老教授嘴角露出一丝微笑，轻轻扬手，表示肯定。

"哥伦布发现新大陆。"几个中国同胞也仿佛重返中学时期的历史、地理课堂。

"堂吉诃德、唐璜、卡门。"梳着栗色辫子的墨西哥学霸眼中透着灵气，自信地回答。

"高迪的城，毕加索、戈雅、达利的画，阿尔莫多瓦的电影！"坐在后排的艺术青年拢了拢小辫，抬起头来。

"美食、美酒、美景、美丽的王妃！"活泼开朗的马德里小哥的话引得全班一阵欢笑。

"债务危机、恐怖袭击、巴塞独立、同性恋、种族歧视！"既然是课堂，尖锐的一面最终也会被提出来。

……

老师对所有人的答案都表示赞同。少许沉吟后，他又一次开口："那么，还有呢？"他使劲挥挥手，鼓励大家举出更多例子。

此时此刻，我们却不禁有些语塞，脑海中一片苍白。

是呀，对于这个拥有上千年历史，曾经雄霸全球的古老厚重又年轻新潮的国家，我们的认知只停留在了它过去的荣耀与辉煌，今天的安逸与俏皮，以及偶尔爆出的被媒体的刻板印象、偏见甚至歧视抹黑和扭曲的现实之上。每当需要再深入和细腻一些的时候，才发现，一通照本宣科过后，多少显得有些彷徨无力。

也许是天意暗允，也许是命中注定，在西班牙以及拉美诸国生活多年，我有幸能够获得更多的机会入乡随俗，深入其中。慢慢地，就不难发现，这个位于亚欧大陆最西端的古老文明与最东端伟大的华夏文明具有太多相似之处——古老，悠久，海纳百川；开放，时尚，与时俱进；辉煌，没落，凤凰涅槃；隐忍，奋起，憧憬复兴。

与此同时，它又是那么特立独行，害怕被割断了与东方的联系，排挤到海角边陲之地，竟然不畏生死，勇闯大洋，发现了另一片大陆，从此将那些被海洋割裂开来的文明以前所未有的方式联系到一起，开创了全新的世纪，在人类历史上写下了浓墨重彩的一笔。

灰墙巴洛克，阳伞咖啡座，古希腊、古罗马所孕育的欧洲，是那样的特征鲜明，整齐划一，无论是那个以地中海为内庭池塘的强大帝国，还是今天高唱欢乐颂、携手共进的政治经济联盟。所以，作为这个大家庭的一分子，西班牙究竟哪里与众不同？

我们有充足的时间去进行方方面面的对比，然而此时此刻，我首先想到了一个人，和那首总是在灵魂最深处引起深深震撼的绝唱。而对于每一个和西班牙有缘的人来讲，这首歌无疑是我们无可取代的青春记忆：

不要问我从哪里来，

我的故乡在远方。

为什么流浪？

流浪远方。

流浪。

为了天空飞翔的小鸟，

为了山间清流的小溪，

为了宽阔的草原，

流浪远方，

流浪。

还有还有，

为了梦中的橄榄树橄榄树，

不要问我从哪里来，

我的故乡在远方，

流浪远方流浪。

初到西班牙的三毛看到小毛驴在原野上自由奔跑，那时候的她多么年轻，随即写下儿童诗一般可爱的《小毛驴》，过后，再把它改成了《橄榄树》。这种遍布于伊比利亚半岛的植物见证了她的自由梦想与纵情流浪，以及与荷西那段刻骨铭心的爱情。

对于中国那时的年轻人，橄榄树就象征着流浪，代表着对单纯美好的追求，对远方自由的向往，和一丝无法消解的惆怅。而西班牙最特征鲜明的主题，也就是流浪。

无论是阿尔塔米拉古老洞窟神秘壁画上那些栩栩如生的狂奔野兽，还是半岛之南碧海之滨、腓尼基营地的原始遗迹；无论是飞跃万里、异地重建的德波寺中的那些古埃及雕塑，还是铭刻在阿尔罕布拉宫里的摩尔王朝的历史印记和战争痕迹；无论是怀揣《马可波罗游记》，带领一班勇者和狂徒，驾驶三只扁舟出海，闯出一片新大陆，改写历史的哥伦布，还是肩背行囊、手持木杖，沿着"贝壳之路"迈向圣地亚哥朝圣的虔诚信徒；无论是才华横溢、年少有为，以特殊的方式与神明对话，并耗尽毕生心血浇筑起跨越时空的伟大教堂的高迪，还是天马行空、饱受争议，用一座座现代建筑将创新思想传播到世界各地的卡拉特拉瓦；无论是狭窄小巷、幽深庭院里糅合了吉卜赛和安达卢西亚风情，吸收了东印度、阿拉伯特色，象征着迁徙跋涉的弗拉门戈，还是凭借嘹亮的男高音演绎东西方文化之精髓，诠释美和优雅的多明戈和卡雷拉斯；无论是家喻户晓，在世界体坛崭露头角，引得粉丝狂欢尖叫的足球明星，还是征服时尚市场的Zara服饰……都在向我们宣告，对于这些生长在莽莽高原之中的生灵，流浪就是自由开拓，勇敢进取；流浪就是博采众长，兼收并蓄；流浪就是见多识广，吐故纳新；流浪就是对智者、勇者、行者最为美妙的夸赞。

你准备好了吗？让我们一起携手流浪，让我们一起在流浪中开启一场充满惊喜的饕餮盛宴。

逍遥乐土，在水一方

唯有爱与美食不可辜负，这句话，大概可以很好地诠释 Tatiana 与 Victor 青春流浪中的厮守缱绻，以及承载他们浪漫回忆的西班牙海滨小城圣·塞巴斯蒂安。两年前，他前往马德里学习，而她主动争取被外派到这里，虽然说依然相隔四小时车程，可比起横跨整个亚欧大陆的遥不可及，望眼欲穿，已能令人感到莫大的宽慰。

刚开始，他忙着学习考试，她忙着上班挣钱，两人鲜有机会见面。

"初来乍到，孤身一人，只有这里的海，这里的人，这里的美食，温暖着我的胃，抚慰着我的心。"Tatiana踏着绵长松软的贝壳海滩，遥望着巨龟般横卧湾口的圣克拉拉岛，以及拉莫塔城堡上高耸的基督像，柔情回忆，"每当他抽空赶来，我们都要在这里牵手漫步，然后带他去吃我平时百吃不厌的食物，看平时百看不倦的风景。"

听起来，这不就是传说中的牛郎织女，鹊桥相会？

因为北濒沧海，南依河谷，所以蟹肥虾美，酒醇肉香，来自比斯开湾的海风轻抚而过，岸边的人儿不禁食指大动。

"来圣塞，当然要吃Pintxos（巴斯克语）！"Victor如是说。

跟着这对小情侣走街串巷，Tatiana健步如飞，仿佛巡视自家花园，冷不丁，侧身轻靠，就为我们推开一间餐厅的大门，外表毫不起眼，里面别有洞天，令人眼花缭乱。人挤着人排到了墙根，吧台上罗列着琳琅满目的大圆碟，盛满了插着"桅杆"的珍馐，如同停泊在港湾里的帆船。虽然这与西班牙国粹级美食塔帕斯有几分神似，可仔细对比就能发现，塔帕斯体型较小，样式丰富，一般作为下酒菜搭配出售，而Pintxos可以单点。作为主食，当然分量更足，往往由一支结实的竹签把丰满的肉丸、蓬松的炸物、新鲜的海味、肥美的米肠刺穿，钉牢在宽大结实的面包片基底之上，甚至本身就是一串大虾，一只扇贝。难怪西班牙语Pinchos的翻译简单粗暴——串烧。

Tatiana向服务生要来了白瓷盘，一面驾轻就熟地伸手夹菜，一面向我们介绍："有些Pintxos入口即食，有些则需要叫店员帮你拿到后厨加热。"令我刮目相看的是，这里的大多数店铺都慷慨随意——满桌美食，任君自取，丰俭由人，自觉报账。

大家都有些不好意思，面面相觑，我忍不住扑鼻香气的诱惑，伸手从Tatiana盘中拈起一块，一气呵成送到嘴里，爽滑的鱼肉、细腻的酱汁、酥脆的面包，在齿间蓄力，炸开，引爆了味蕾。

早就听人说过，吃Pintxos，查克利是绝配。当我向酒保拼出了这三个音节，他立刻会心一笑，开始清理吧台，打开酒柜，仿佛要准备一场表演。

其实这盛放在绿色玻璃瓶中的白葡萄酒早在古罗马时期就已出现，也被中世纪古籍所记载。懂酒的人会告诉你，它是巴斯克的蓝精灵，就藏在海湾旁旧城老街上的每一家酒吧里，得挨家挨户去走访，最终才能觅得与自己命中有缘、灵魂契合的那一种。因为圣塞消费的黑塔利亚查克利略带碳化的味道，而在20厘米高处倒出，能让下落的酒体与空气充分接触，并和敞口玻璃杯相互碰撞，使苦味消失，只留下偏酸的果味和草木花香，所以酒保斟酒时，总会驾轻就熟地高举酒瓶，仿佛老茶馆里拧着鹤嘴铜壶往盖碗里掺水的"茶博士"，让水柱敲击杯底，碰撞出珠落玉盘似的脆响，好生炫酷。端起这杯"功夫酒"，再轻轻一摇，那酸爽的香味透人心脾，小酌三分，就一口铺满白鲔鱼的Pintxos，顿时心花怒放。我仿佛突然明白，当Tatiana在冬日凛冽的海风中望眼欲穿时，总还有足以融化心灵，令人乐于珍藏和分享的美好，支撑她坚持到另一半的到来。

每年正月，为纪念圣人塞巴斯蒂安以身殉教，当地人要大张旗鼓地举办打鼓节（Tamborrada）。

19日夜幕降临，我们随着拥挤的人潮一路摇摆，来到了宪法广场。拱廊环绕的中央舞台上，已经站满了身着古代军装，抑或头戴厨师帽、腰系围裙的鼓号队。我想，如果军装象征着反复争夺和守卫这风水宝地的各国武士，那围裙就代表着南来北往的商贾与生生不息的市民。不知道在那些炮火连天的岁月里，厨师手里的刀叉，能否巧妙地化干戈为玉帛，勇武好斗的孩子，会不会因为鼻子的召唤早早回家享用妈妈准备的美餐……

他们就这样一曲又一曲地演奏，仿佛不知疲倦。舞台下，观众们也戴着厨师帽，敲击着象征锣鼓的小圆木盘，兴高采烈地欢呼、合唱。

将威武华丽的古典戎装作为城市文化主题狂欢节的核心要素并不稀奇，而将突出雪白高筒帽、蓝色围腰、巨型餐刀、橡木桶腰鼓等元素的厨师装扮的主角加入到一年一度的朝圣中，我还是第一次见到，这更说明了圣塞人民对吃的格外重视与无限推崇，一定要赋予其象征意义和庄重的仪式感。

午夜12点，市长升起白地蓝方块图案的市旗，宣布游行和狂欢正式开始，大家不问种族，不分国籍，不论语言，一律开怀畅饮，拥抱跳跃，相互问候祝愿。我们是多么的幸福，生活在一个和平富足、安逸享乐的时代！

20日一早，各个街区又在鼓乐声中苏醒，游行就这样开始。最先穿戴整齐进行表演的方阵竟然全部由年过半百的老人组成！老头老太太们容光焕发，神采奕奕，迈着整齐的步伐，踩着激昂的鼓点，慢慢向海滩东端的市政厅广场汇集。上午，青壮年开始在酒吧、教堂门前集结。喝两口酒，吃一口Pintxos，然后舒展舒展筋骨，敲两下鼓，好不自在。正午12点，当温暖的阳光完全融化了阴冷的雾霭，全城的活动就进入了高潮——中小学代表队准备妥当，开始陆续从市政广场出发，沿着埃尔纳尼大街、洛约拉大街，走向自由大道。

城市街道变成了天然红毯，上千位巴斯克中小学生在来自全西班牙、甚至全球游客的夹道欢迎中开始了表演，他们有的威武霸气，动作标准，有的少年老成，若有所思，有的心不在焉，恍恍惚惚，但是手上都熟悉地扛着道具，打着节拍，脚下也自然地踩着鼓点，面对观众和镜头，露出微笑。每一个小天使都有自己的特色，那抑或懵懵懂懂，抑或煞有介事的样子看得人忍俊不禁。大概圣塞人就是这样，从刚刚学会走路，到行将就木，已将这朝圣的鼓点融入到了自己的血液之中，这，也许就是一座城市生生不息、源远流长的文化传承。

傍晚，青壮年队伍活跃起来，沿着乌尔古尔山南坡前往圣特尔莫，直到夜幕降临。昏黄的路灯照映着每位鼓乐手，为他们镶上薄薄的金边，一排排缓慢爬坡、左右摇晃的背影极像圣周期间抬着华丽神轿进行圣像游行的基督徒，尽显幽秘的宗教气息。此时，街道旁的小屋里已经备好了餐，聚满了人，只待游行在震耳欲聋的鼓号声掀起最后的高潮中圆满结束，便迎来家人团聚、享受盛宴的大好时光。我们也在壁炉旁觅得佳座，一同举杯，祝愿有缘千里来相会的情侣最终地久天长。

如果说西班牙版图的轮廓方正对称，与中世纪骑士的弯盾非常相似，那么对于深谙生活享乐之道的伊比利亚人来说，坐落于北国边境的圣塞便是高悬于盾顶的桂冠。各种食肆酒坊、厨艺学院以极高的密度，低调藏身市井之中，历史最悠久的距今已逾百年；近十九万市民，身处只有60平方千米的小城，却享受着Azark、Akelare、Martin Berasategui等享誉世界的十多家米其林餐厅创造的珍馐佳肴，幸福与骄傲难以言喻。

　　早在印欧民族进入欧洲之前，巴斯克原住民就已经适应了位于比利牛斯山与比斯开湾之间的这块得天独厚的风水宝地，仿佛将山中的野味、海中的鱼虾、田里的谷物、河湾里的葡萄搜罗汇集、整理加工的本领，是他们与生俱来的天赋与流传千年的荣耀。人们定期聚会，交流厨艺，切磋心得早已成为约定俗成的习惯，就这样将小城划分为无数个浑然天成的美食社区（Txoko），孕育出一代又一代的"食神"。

　　大名鼎鼎的Juan Mari Arzak和女儿Elena经营的餐厅既是巴斯克美食传统的象征，又是与时俱进的代表。1976年，Arzak受"第一次圆桌运动"的启发，前往法国里昂拜师学艺，接受"新浪潮烹饪"的熏陶。一年后荣归故里，召集同行，发起月度晚餐活动，掀起"第二次圆桌运动"，或"新巴斯克美食运动"。以此在1989年得到米其林三星的认可。而女儿更是巾帼不让须眉，先后游学英、法，搜集创新灵感，再将其与本土文化巧妙结合，在餐桌上完美诠释。在圣塞，像这样世世代代陶醉于庖厨的家族大有人在，无论是出身于米其林星辉闪耀的"好莱坞"，还是浪迹于世俗佳肴斗艳的"百老汇"，都不遗余力地泼洒激情，为舌尖上的西班牙注入无限的活力，使其永远走在美食时尚的最前沿。

西班牙有一句民谚——A barriga llena corazón contento，意思直白易懂——填饱肚子才心花怒放。圣塞居民便是这句话完美的诠释。男人身材魁梧，浓眉大眼，威武性感；女人四肢修长，五官精致，皮肤白皙。Tatiana说，他们有一个共同的特点，便是热情开朗、温柔善良，面对镜头，有摆不完的造型，举起酒杯，有侃不完的故事。哪怕是放下手中的活儿，也要亲自给外地人带路，以至于她刚刚来到这里，就体验了宾至如归的感觉。是啊，美食佳酿，多情丽人，逍遥乐土，在水一方。难怪邂逅一次，就牵挂一生，天涯海角，念念不忘。